光文社文庫

文庫書下ろし

なぜ、そのウイスキーが闇を招いたのか

三沢陽一

光　文　社

この作品は光文社文庫のために書下ろされました。

目次

コラム・安藤宗貴
レイアウト・延澤 武
イラスト・村本ちひろ

何故、アードナマッハンがそこにあったのか？

スプリング・フィーリング

材料

ジン30ml
シャルトリューズ・ヴェール15ml
レモン果汁15ml

一言POINT

シェイカーに氷を入れ過ぎず空気を多く含ませるようにシェイクすると、春風のような口当たりの良いカクテルになります。

マスターの独り言

ショート用のカクテルグラスを冷凍庫で冷やしておきます。

全ての材料を氷と共にシェイカーに入れシェイクし、冷やしておいたカクテルグラスに注いで出来上がり。

「お待たせいたしました。こちら、スプリング・フィーリングです」

先が少しだけ広がった丸形の小さなカクテルグラスは、初春の野原のような薄緑に染まっている。吉永《よしなが》が安藤《あんどう》に、ありがとう、と云ってからグラスを手許に寄せると、レモンと薬草が混ざった爽やかな匂いが鼻腔を擽《くすぐ》った。色合いといい、芳香といい、春風をそのまま飲み物にしたようなカクテルである。スプリング・フィーリングという名前をつけた人は相当いいセンスをしているな、と思いながら吉永は一口含んだ。

ショートカクテルは基本的に度数が高い。このスプリング・フィーリングも例外ではなく、飲むとジンとハーブ・リキュールのシャルトリューズが吉永をあっという間にほろ酔いの世界に連れて行った。だが、強引さはなく、妖精にでも誘われて山に足を踏み入れたら思った以上に険しくてびっくりした、という風な口当たりである。何も知らなければ酔いの悪魔に襲われて危険だが、このカクテルには美味しさという楽園がある。ジンとシャルトリューズの度数の高さと酒の濃さを、レモン果汁が和らげているのが判る。食事のときに出てくるレモンの多くは、食材にちょっとした刺激や変化を与えるためのものだ。しかし、このカクテルのレモンは個性の強いジンとシャルトリューズと対等に渡り合い、カクテルのバランスを保つ役割を果たしている。きっとレモン果汁がなければ、それほど酒に強くない吉永は飲めなかっただろう。その名の通り、春の生き生きとした躍動感がある。

シャルトリューズは『リキュールの女王』と云われているほど有名なリキュールで、ちゃんとしたバーならば必ずあるものである。しかし、中身については極秘にされていて、シャルトリューズ修道院の修道士の三人しか知らないと云われている。『不死の霊薬』とも称される神秘さはそういった厳密に管理された秘密に由来しているのだろう。そして、ロックやストレートでそのものを楽しむ人が多いのは、ブランデーをベースにしながらも砂糖と約百三十種類のハーブが調合されていてそれ以外のものがなくても美味しいからだ。

そんなシャルトリューズをたっぷりと使い、ジンと搾ったばかりのレモン果汁と一緒に丁寧にシェイクされているのだから、不味いはずがない。アルコールが苦手な人には度数が高すぎるかもしれないが、『シェリー』のようなバーならば、スプリング・フィーリングのハイボールか、氷を入れてロックスタイルにするかしてくれるはずだ。

ショートカクテルはすぐに温《ぬる》くなってしまうから、ということもあるが、せっかく綺麗に切り取られた春が初夏になる前に味わいたくて、吉永は十分ほどで飲み終えてしまった。舌の上に残った足跡を感じながら、春の霧雨を思わせる優しい生命力に溢れたカクテルだったな、と思った。

余韻に浸っていると、自然と初めて『シェリー』に足を踏み入れた日のことが吉永の脳裏を過《よぎ》った。妻と娘が服を買いに行くということで、一人だけ除《の》け者にされた吉永は家にいるのも退屈だったので定禅寺通《じょうぜんじどおり》のカフェで本を読もうとしていた。しかし、店に入ってアイスカフェラテを注文し、受け取って席についたはいいが、肝心の本を忘れたことに気づいた。仕方ないのでアーケードの書店で本を買ってからまた来ようかと思い、アイスカフェラテを飲み終えて外へ出た。そこへ、通り雨に遭ってしまい、これはもう帰った方がいいな、と思い直してアーケードとは逆の方面に向けて歩き出した。たまたまバッグに折り畳み傘があったが、わざわざ別の店まで移動して読書をする気にはならない。

定禅寺通にはよく来るものの、そこから一本か二本、外れた通りにはあまり足を運んだことがないな、と思ってそちらに向かうことにした。雨が傘を叩く音を音楽のように聴きながら、ゆっくりと散歩をするのも悪くないと思ったのである。

定禅寺通沿いは大きな店ばかりだが、一本入ると小さなビルや店が多いことに気づかされた。そのうちの一軒に見るからに古めかしい居酒屋があった。二階建ての質素な居酒屋で、白い土塀には長い年月が灰色の筋となって流れているし、錆の浮いたトタン屋根が新しい楽器のように雨音を奏でている。真っ昼間だったので店は開いていなかったが、その軒下には店主が育てているらしい植木があり、傘に似た葉を広げてその下の濡れていない白いアスファルトを自らの緑色で守っていた。

何という植物なのかは吉永には判らなかった。近づいてみると掌《てのひら》よりもちょっと大ききく、触ると絹地のように柔らかい。午後三時くらいなのに薄暗いものの、雨雲と夜闇は暗さの深みが違うのだろう、名も知らぬ植物は雲を通り抜けた光に透けて微かながらも鮮やかな色を吉永の目に飛ばしてきた。雨粒が当たるたびに葉は揺れ、まるで呼吸でもしているかのように見える。さっさと地下鉄の駅に向かえばいいのに、春の若葉らしい生々しい匂いは吉永の体を鎖《とざ》し、その場から離れるのを許さなかった。

そのとき、ふと空を見上げるとその居酒屋の向かいのビルの二階に暖色の明かりが灯っているのが見えた。国分町《こくぶんちょう》の夜を彩る極彩色のネオンとも、七夕まつりのときの花火のような華やかさとも違う、人の心に染みてくるようなほっとする光だった。

そのとき、吉永はもう三十代後半だったが、初めての雑居ビルの二階の店に行くのは少し怖かった。ビルの入口に看板があって、二階はバーで『シェリー』という名前らしい。バー、というものと縁遠かった吉永は躊躇《ためら》ってしまった。けれども、そのときは雨音と名も知らぬ植物の健気さに背中を押されたのか、行ってみる気になった。それが吉永と『シェリー』との出会いである。

追懐し終わったとき、空になったグラスの形が吉永の目に迫ってきた。

――チューリップみたいだな。

中身や残っている香りではなく、形が吉永の意識を刺激したのだった。ある出来事があったからである。

安藤の後ろの棚には燈籠《とうろう》のようなやんわりとした橙色《だいだいいろ》のライトを背に受けて、ウイスキーのボトルが並んでいる。いつもならばどれにしようか迷って、そのときの気分を安藤に伝えてお勧めを紹介してもらうのだが、今回は最初から飲むものを決めていた。

「アードナマッハンをハーフでお願いします」

「承知いたしました」

アードナマッハンを注文する客は少ないだろうに、安藤は特に吉永に問い返すことなく、背を向けて一本のボトルを取り出した。理由があったからアードナマッハンにしたのだが、深入りせず、お話をしたいときにどうぞ遠慮なくなさってください、という安藤の対応が気持ちよかった。

安藤がまだ半分も減っていないボトルを手に取り、透明のパラフィルムを外して、銀色のメジャーカップに注ぐ。そして、最後の一滴まで絞り出すようにして、アードナマッハンをグラスに移した。

「こちら、アードナマッハンになります」

そう云い、チェイサーと加水用の水を一緒に出してくれた。ボトルもご覧ください、と吉永の前に置いてくれたのも嬉しい。

通常の縦長のボトルをしていて、ラベルは下部に自己主張せずにちらっと貼ってある。だが、白地に「AD／01．21」と金色で並んでいる文字にはもう格のようなものが感じられた。ADはどういう意味なのか吉永には判らなかったが、「01．21」というのは二〇二一年一月に発売した、ということだろう、とは見当がついた。白だけだと地味すぎ、金のみだと下品に見えてしまうが、その両者を組み合わせるセンスはさすがである。上部から下部にかけては薄いゴールドの中身が露《あら》わになっていて、ARDNAMURCHANという蒸溜所の名前と地方名が浮き上がった透明な文字で流れている。肩書きよりも中身を大事にしているようで吉永は好感を持った。

まだ夏には程遠い四月の淡い春光と、二〇一四年に操業を開始し、二〇二〇年にやっとファーストリリースがあったアードナマッハンの薄い金色はちょうど同じ色で溶けあい、お互いが目覚めたばかりの初々しさをグラスに溢れさせていた。ウイスキーの色は百パーセント樽からの影響を受けているらしいが、吉永の手の中で小さな渦を作っているアードナマッハンは熟成年数表記がないものの、操業開始と発売年からして十年は確実に経過していない。だから、色も薄い。しかし、鼻を近づけると柑橘系の酸っぱさとハーブの匂い、そしてさらに熟成させればもっと強く出てくるであろうジャムに似た香りが既に漂っている。

「初めて飲むけど、楽しめそうなウイスキーだね。頂戴します」

安藤にそう告げてから、ほんの少しだけ口に含む。匂いから想像した通り、若さを感じさせる細かな棘《とげ》のような酸味はある。人によってはペッパーっぽいと表現するだろう。だが、完熟前のフルーツに似た甘さが、仄《ほの》かに舌の上を小走りで広がって行き、締め括《くく》るように柔らかなスモークさとレモンの皮を潰したときのような匂いが口内に広がった。吉永は二十年近く寝かせたウイスキーの方がじっくり飲めるので好きである。一方で、こういった新しい蒸溜所の短熟もののウイスキーを飲むのもたまにはいい。もちろん、熟成年数が長い方が高いし味わいも広がってきて美味いが、その分値段も跳ねあがる傾向にある。手間暇を考えると当たり前のことだ。でも、逆に云えば、昼寝のような短い時間しか寝ていないウイスキーをこうして飲むのは贅沢な気がしてくる。蒸溜所にしてみれば、寝かせれば寝かせるほど値段が上がる傾向にあるのだから、もったいないと考える人もいるだろう。だからこそ、こうして未来の銘酒になるであろうウイスキーの若いものを飲むのは生まれたばかりの我が子を抱くようで嬉しい気分になる。淡々しい金色は未熟さを表す色ではない。未来への可能性を秘めた宝の色なのだ。アードナマッハンのように将来性があるものほど飲む価値はあるし、巡り合えたことをウイスキーの神様に感謝すべきかもしれない。

「数年後が楽しみなウイスキーだね」

吉永が率直な感想を云うと、安藤も顎鬚《あごひげ》を僅《わず》かに動かして微笑し、

「はい。わたしもそう思いました。二〇二〇年発売のファーストリリースはどうしても入手できませんでしたが、その分、十年や二十年といったものを飲んでみたいですね。それ

までわたしが生きているか判りませんけれども」

「安藤さんは長生きするから問題ないって」

「ここ数年で国内外問わず新しい蒸溜所ができておりますから、そのためにも健康でいたいものですね。わたしが吉永さんよりも先に死んだら、代わりに新しい蒸溜所のウイスキーを飲んでどうだったのか教えてくださいね。枕元にちゃんと化けて出ますから」

両手をぶらん、とさせて幽霊の真似をしながら安藤が云った。真っ白のワイシャツと黒いネクタイというフォーマルな装いと、そのおどけた仕草が不釣り合いすぎて思わず吉永は笑った。バーというと四十五歳の吉永でも気後れしてしまうような高級な場所を想像する。『シェリー』も接客や酒の品質や腕は一流であることには間違いない。しかし、このように冗談を交えて客をリラックスさせてくれ、格式ばらずにいてくれるのがありがたい。料金は確かに一つの物差しであろう。だが、それは決して絶対的なものではなく、他にもいくつもの要素が伝統工芸品のように絡んでバーとウイスキーを形成しているのだ、という当たり前のことを安藤と『シェリー』は教えてくれる。

それにしても、安藤は一体、何歳なのだろう、と吉永は会うたびに思う。吉永は賃貸仲介事務所に勤めているし、家庭もあるから、なかなかバーの本番とも云える夜に『シェリー』を訪れることができない。有休が取れたり、勤務先の事情で急に休みになったりしたとき、明るいうちに、ふらり、と立ち寄るだけである。だから、安藤の夜の顔は知らない。

けれども、『シェリー』のあるビル前の小路が雨で黒い斑点の模様に染められると、静かな目で、たまにはこういった静かな日もいいものですね、としみじみと老境に達した人のような言葉を紡ぐし、晴天のときは窓を開けて新鮮な空気を『シェリー』に吸い込ませながら、山登り日和ですね、と若々しいことを獲れたばかりの魚のように瑞々《みずみず》しい目で云う。昼と夜とではバーテンダーの顔も違ってくるだろう。『シェリー』のウェイティング・バーの利点をれでも、安藤は午後三時から営業している『シェリー』のウェイティング・バーの利点を最大限に利用し、自分も楽しんでいるように見える。

昼と夕方の間の陽射の洪水には、夜の星々を想像させる余裕などまったくない。だが、そのどこかに吉永は夜の名残りを感じ取り、夕方前だというのに夜のバーの心地よさも体験できている気がした。

四月になって陽が伸びたせいだろう、窓の外は陽が残っていて、『シェリー』から見える定禅寺通の樹々の葉も光を織り込んで、美しい薄緑色の列を成している。一日の最後の光が仙台の街並みから春の匂いを集め、ふんわりとした風が街路樹をゆったりと揺らしていた。すぐに夏が来るかもしれない、という陽気だが、これから梅雨が来ると仙台の気温はぐっと下がる。春夏秋冬の順番で季節が熟成していくとしたら、今は吉永の手の中にあるアードナマッハンはまだ若さが目立つ春先だな、と二口目を飲みながら思った。

「ところで、安藤さんに訊きたいことがあるんだけど」

「何でございましょう？」

「このアードナマッハンが流通し始めたのは二〇二〇年の秋なんだよね？　それに間違いはないのかな？」

意外すぎる問いかけだったのか、安藤は一瞬、瞳に春の光とは思えないような強い輝きを浮かべた。数秒そうしていたが、唇に左手の親指の爪をあてて考え、元の穏やかな目になり、こう云った。

「アードナマッハン蒸溜所を創業したのはアデルフィー社です」

「アデルフィー？　どっかで聞いたことがあるな」

「吉永さんくらいウイスキーをお飲みになっていると何度か目にしたことがあると存じます。元々、アデルフィーはボトラーズでいいウイスキーを出しておりましたから。当店でもアデルフィーが瓶詰めしたボトルを置いております」

ボトラーズとは蒸溜所から原酒を樽ごと購入し、瓶詰めして販売する業者のことである。緑のラベルが多いため吉永が勝手にグリーンボトラーズと呼んでいるダグラスレイン社は一九四八年に設立されているし、一九八九年に設立されたキングスバリー社、ゴードン＆マクファイル社やケイデンヘッド社といった一八〇〇年代からボトラーズ事業を行っている老舗《しにせ》、さらに古い歴史を持っているのは一六九八年から事業を始めて一九〇三年にはエドワード七世から、初めて英国王室御用達指定を受けたベリー・ブラザーズ＆ラッド社、と数多くの会社がある。その分だけ、ウイスキーの歴史は海のような広がりと深さを持っているということだろう。

「こちらをご覧ください。ここにADという文字が見えるかと思います。これはアデルフィー社のADを意味しているようですね」

「なるほど。ADはそういう意味だったのか」

アデルフィー社はボトラーズでありながら、自社の蒸溜所を所有することになった。それがアードナマッハン蒸溜所らしい。

「アデルフィー社くらいのボトラーズとなると、アードナマッハン蒸溜所にも相当力を入れていると思われます。わたしの知る限りでは、まずはウイスキーとしてではなく、スピリッツとして『アードナマッハンスピリットリリース２０１６』を二千五百本限定で出しました。その後も二〇一八年、二〇一九年にも同様のボトルを出し、二〇二〇年にようやくウイスキーとしてアードナマッハンをリリースしました」

「やっぱり二〇二〇年がアードナマッハンの初めての発売日なのか」

「はい。先ほども申し上げた通り、スピリッツとしてならば既に発売されていましたが、ウイスキーとしては二〇二〇年が初めてでございます。きちんと管理されていると思いますから。ウイスキーを愛好しているアデルフィー社の人間が、不完全な状態のものを外に出すということは考えられないですね」

きっぱりとした安藤の返答に、やはり、という納得と、それならどうして、という疑問が交錯した。数週間前に抱いた疑惑が安藤の返答によってさらに深まったせいか、窓から羽毛のように降ってくる陽射を受け止めて薄いゴールドに輝いているアードナマッハンも、またその光を翳《かげ》らせ、それまで反射させていた黄金の光を痩《や》せ細らせた気がした。

「先日、友人と飲んでいたとき、アードナマッハンの話が出たんだ」

昨日の残業の疲れが残っている目をカウンターに置いて、吉永は切り出した。麗《うら》らかな日には相応《ふさわ》しくないかもしれないが、他に客はいないし、アードナマッハンについての安藤の丁寧な説明を聞いていると、話すときは今しかないと思った。

「その友人はそれほどウイスキーを飲む方じゃなくてね。あまりバーにも行ったことがないんだ」

「そういったご友人が、アードナマッハンという日本ではほとんど知られていないウイスキーのお話をされるのは珍しいですね」

俯《うつむ》いているので吉永からは安藤の表情を窺《うかが》うことはできない。しかし、声色が春の雪《ゆき》解雨《どけあめ》のように温和だったので、いつも通り、何でも受け止めてくれる顔をしているのだろうな、ということは容易に想像できた。

安藤の物柔らかな返事のお陰で、吉永は数週間前から胸の底につっかえている疑問をスムーズに言葉にすることができた。

「二宮《にのみや》っていうのがその友人の名前なんだけど、この前、そいつと先日いなくなった親類の話をしたんだ。ノリさんって俺たちは呼んでたけど、どういう漢字を書くかまでは判らない。でも、年下の俺や二宮にも丁寧に接してくれたし、威張った風がまったくなくてね。何度も一緒に飲んだんだけど、いい時間だったなあ」

「そうでしたか。立ち入ったことをお訊きするようで恐縮ですが、そのノリさんという方がいなくなった、というのはどういうことでしょうか？」

「去年の十二月に入ってから体調がよくなくてね。ノリさん自身も自覚していたらしくて、俺もそうだけど、二宮とも最近は会っていなかったみたいだね。自分の情けない姿を見せたくなかったのかもしれない。こっちから連絡をするのも悪いから、しばらく様子を見てたんだけど、去年の終わりに行方不明になったっていうんだよ。といっても、誰かに連れ去られたとか、監禁されているとかじゃないみたいだけど。死期を悟った猫は急にいなくなるっていう俗説があるけど、ノリさんも生前から『それはいいな。猫のように死のう。富士の樹海あたりにふらっと行って、一番好きなボウモアでも飲みながら雄大な自然の中で優雅に死にたいね』って云ってたからそうしたんだろうね。多分、どこかで静かに死んでいると思う。誰でも知ってる病気のステージ四だったから、助かることはないって自分でも判っていたみたい」

グレーのシャツの胸元を摘まんでねっとりとした暑さを体から追い出してから、

「この前、二宮に呼び出されて、飲みに行ったんだ。そうしたら、その話と、ノリさんの最後の写真を見せられてね。ノリさんは満開のチューリップに囲まれた部屋にいて、どうしても死ぬ前に味わっておきたいって云ってたアードナマッハンを飲んでいるというものだった。ノリさんは昔からウイスキーが好きだったみたいで、緑内障で片目が見えなくなっても、余命宣告をされても、『病院だとウイスキーが飲めないだろ？』なんて云って退院したそうなんだよ。あと、趣味のジャズのレコードが三千枚くらいあったみたいで、まだ聴いていないものもあったから、『それを聴き終えるまでは死ねない』って我儘《わがまま》を云って自宅療養にしたみたいだね」

「とてもユニークな方だったんですね。お亡くなりになったのは残念ですが、好きなことを好きなだけ楽しまれたようですので、悔いはなかったのではないかと存じます。部外者がこんなことを申し上げるのは失礼かもしれませんけれど」

「俺も何度も会って飲んだことがあるけど、安藤さんが云うように満足したんじゃないかな。二宮とはすごく気が合っていたみたいで、ノリさんの思い出作りのために、一緒に音楽を聴いたり、ウイスキーに限らず宝物のように保存していた酒を飲んでいたみたい」

「天国にレコードやお酒は持っていけませんからね」

「ノリさんの口癖は、『過去を夢見るな、未来を思い出せ』だったようだからね。寿命のような過去にはこだわらず、天国っていう未来だけを見ていたのかもしれないなあ」

他人の言葉とはいえ、気恥ずかしいことを云ってしまったな、と思ったが、『シェリー』はそういったちょっとした気障《きざ》な部分さえも歓迎してくれる。それでも気取りすぎたな、と思ったので吉永はチェイサーに手を伸ばして咽喉《のど》に流し込んだ。窓際の花瓶で咲いている花と戯れている光も、定禅寺通のビルが投げかけてくる眩《まぶ》しい煌《きら》めきも、吉永の左腕を斜めに切っている陽射も、友人の亡き親類が残した言葉を茶化すのではなく褒《ほ》め称えてくれているような気がする。安藤が敢えて沈黙の時間を作ってくれているのも、どんな言葉よりも故人を偲《しの》んでいるのが判って心地よかった。

「ノリさんに最初に会ったのは今から二年半前かな。国分町のAっていう店でフレンチを奢ってもらったんだ。メニューもワインも知らない単語ばっかりで判らなかったけど、ノリさんはよく喋るし、冗談の多い人ですぐに打ち解けたな。『俺よりも食べなかったら割り勘にするからね。あと俺のことを敬語で呼んだら一回千円ね』なんて云って何本か抜けた歯を見せて笑ってた。俺も大人のつもりだったけど、向こうは八十近い人だったから自分でも判らないうちに緊張してたのかもしれない。だからそんなことを云ってリラックスさせてくれたんだと思うよ」

「とてもお人柄を感じます。わたしもお会いしたかったです」

「着ている服もオシャレでね。ブランドもののダークスーツをぴしっと着こなしてて格好よかったよ。高いものなんだろうなっていうのは俺みたいな素人にも判ったんだけど、それが嫌味になっていないっていうか。着慣れていて、その人自身も周りに自慢するつもりがないと自然とああいう風にフィットするんだろうね。二宮が云うにはかなりの資産家だったけど、いい金の使い方を知っているって感じだったな。その後も何度も食事をしたんだけど、去年の十二月あたりからノリさんの体調が思わしくなかったみたいでお誘いが途絶えてたんだ」

そこまで喋り、話しすぎたな、と思った吉永はグラスに手を伸ばした。ウイスキーは時間が経《た》つと次第に香りや味が変わっていくものだ。このアードナマッハンも、最初は隠れていたスパイシーさが酸味を押し退《の》けて前へ出てきた。時間をかけてゆっくりと楽しむことの大事さを、我が子よりも若いウイスキーに改めて教えてもらった気がする。

「前置きが長くなっちゃったな。安藤さん、これをちょっと見てもらえる？　今どきアナログで悪いけど」

吉永は一枚の写真のコピーを焦げ茶のジャケットのポケットから出した。

七畳ほどの部屋だろうか、手前にはベッドが置かれていて、以前よりも頬の窪《くぼ》みが深くなって翳を溜めているノリさんが写っている。髪も眉毛も髭も白く、体全体が萎縮したように感じられ、写真を通しても先が短いことを語っている。ただ、部屋はそれとは対照的に華やかだった。しっかりと開いた鉢植えのチューリップがベッドを中心に所狭しと並べられていて、赤や黄や白や紫といった花は見えない五線譜に並んだ鮮やかな音符のように見える。窓から射し込んでいる光も春らしい澄んだもので、陽を浴びて憩っているチューリップは、生が尽きかかっているノリさんとは残酷なまでに対照的に綺麗だな、と吉永は思った。

「これはノリさんがお亡くなりになる直前のお写真ですか？」

「うん。写真の右下にプリントされている日付を見ると、今年二〇二一年の三月二十三日のものらしい」

「チューリップが綺麗ですね。ノリさんの静穏な目も仏像を思わせます。わたしなどは死ぬ瞬間までジタバタとしそうですけど。ご立派です」

「俺もそう思う。でも、安藤さんに見てもらいたいのはここなんだよ。ここにアードナマッハンが写っているのが見えるかな？」

吉永の深爪した人差し指が写真のコピーの一部を指した。ノリさんの枕元に台があり、そこにグラスと氷とアードナマッハンが置かれている。

「はい。見えます。白地に金色で名前が書かれていますから。となると、これは貴重なファーストリリースのものですね。しかし、ファーストリリースだとすると、ノリさんは相当幸運な方ですね。あのボトルは世界で一万五千九百五十本限定で、案内のメールマガジンが配信されてから三十七分で完売したそうです」

「二宮が云うには昔から運は強かったみたいだからね。だから当たったたっていうのは判らないでもないんだ。死ぬ前に飲んでおきたいって云っていたけど、どうして最後の写真にこれが写っていたのか不可解でね。もっと貴重なものはあったらしいのに。新しい蒸溜所のウイスキーと写りたかったたっていう気持ちも理解できないわけではないんだけど、何か引っかかってるんだよ」

そこで一度言葉を切り、吉永は目を左の大きな窓へと向けた。窓は空と雲と光を交ぜた春の絵画になっている。しかし、それは絵ではなく、ゆっくりと動く季節の動画だ。白い汗をかいたような薄い雲を流している青空の中に、吉永はアードナマッハンの真相を見つけようとしていた。

※

「ノリさん、亡くなったと思う」

宮城県庁近くのテーブル席が三つしかない狭い居酒屋で会うなり、二宮が云った。吉永は驚いて箸を止めたが、二宮は特に顔色を変えることなく、菜の花とアスパラと春キャベツのお浸しを食べている。親類が亡くなったと云ったわりには二十代後半にしか見えない精悍《せいかん》な顔立ちはまったく乱れていない。吉永よりも五センチほど背が高く、しゃんとしているからそう見えるのかもしれない。

「亡くなった？　思う？　どういうことだ？」

訊いてから吉永もお通しに箸を伸ばした。昆布や削り鰹から出たダシ、そしてこの店が長年使っている専門店の醤油が素材の風味を消すことなく、お通しとは思えない逸品に仕上げている。澄み切った水のような薄味なのに、しっかりと日本酒に合う旨味がある。『居酒屋のよさはお通しを食べれば判る』と吉永に教えてくれたのはノリさんだった気がするな、と思い出しながら二宮の返事を待った。

「詳しく話すと、去年の末から、『別の世界に行く準備をする』なんて云って姿を消してたんだけど、四月二日にノリさんから妙な写真が送られてきたんだ。しかも、家紋の入った封蠟《ふうろう》をした封筒に入ってたんだぜ」

「封蠟って、あれか、有名オークションの品物とか、大事な書簡が入っている封筒が誰にも開けられていないことを証明するやつか」

「そう。今は百均でも売ってるらしいけど、そこまでやるあたり、ノリさんらしいよな」

「『別の世界に行く準備』ってことは自分の死を覚悟してたってことなんだろうけど、云い方がノリさんらしくて面白いな。でも、死んでいるとは限らないだろ。本当に日本とは別の国に旅行に行っているかもしれない」

「俺に何の相談もなしに？　もうかれこれ四ヶ月近く経っているのに連絡がないんだぜ？」

二宮は運ばれてきた日本酒をテーブル席の壁側に置きながら云い、もう夏酒の季節なんだなあ、と呟いた。微かに視線を遠ざけて懐かしむような顔になったのは、ノリさんも日本酒が好きでよくこの店に来ていたことを二宮が思い出しているせいかもしれない。

「それはおかしいな。でも、死んでいるっていうのは極端な……」

途中で言葉を飲み込んだ。最後にノリさんに会ったのは去年の晩秋だったと思う。ノリさんは、からっとした声で笑いながら日本酒を飲んでいたが、吉永の目から見ても枯れ枝のように痩せ細った指には生命の息吹は希薄だった。

「ノリさんが潔い性格だったのは吉永も知っているだろ？」

「ああ。短い間だったけど、楽しい時間を共有させてもらったからな。ノリさんの性格は判っているつもりだよ」

「それなら、ノリさんが自分の遺体を俺たちに見せたくないと思っても不思議じゃないと思わないか？」

吉永は乾坤一《けんこんいち》の鈴風ラベルを飲みながら二宮の言葉を反芻《はんすう》した。鈴風ラベルは夏酒らしく爽やかな余韻があり、考え込むのに最適な日本酒だった。

二宮の主張も判る。死はどんなに取り繕っても、美しいものではない。瀟洒《しょうしゃ》な佇《たたず》まいそのままに生きたノリさんが、その姿を他人の目に晒したくなかったのではないか、と吉永でさえも思った。日本人は桜の散る光景に美を感じるらしいが、ノリさんも二宮も吉永も反対の意見だった。それは日本人にありがちな同調圧力であり、散ることが必ずしも美麗さには繋がらない、というのが三人の共通見解だった。『武士道といふは、死ぬ事と見付けたり』という『葉隠《はがくれ》』の一節と、新渡戸稲造《にとべいなぞう》『武士道』の武士道、そして国花としての桜がごっちゃになって、散る美学とやらが跋扈《ばっこ》したに過ぎない。そもそも、日本の国花は桜と菊の両方という説が有力なくらいである。ノリさんもそういったものを嫌っていたから、俺たちで『梅を愛でる会』を作ろうかと云っていたくらいで、着物や家中の家具に刻み込まれていた桜と菊を総《すべ》て梅に変えたのだから、面白く有益な金の使い方をするな、と当時思った。

そういうノリさんだったから、遺体を発見させないつもりでどこかへ旅立ったという可能性は大いにある。年間八万人以上が行方不明になっている日本では珍しくないし、事件性がなければ警察も動かないと踏んでノリさんは最後に遺骸を永遠に葬ることにしたのかもしれない。

吉永がそう云うと、二宮も首肯して、

「俺も同じ意見だよ。去年の暮れから姿を消しているのも準備を俺に見せたくなかったからだろうしな」

「そういうところもノリさんらしいじゃないか」

意見が一致したところで稚鮎の天ぷらがテーブルの上に並んだ。稚鮎は遡上を始めたころ獲られた鮎で、四センチから八センチと小さい。しかし、その分、骨が柔らかく、丸ごと食べられる。薄く衣を纏《まと》った稚鮎にちょっとだけ塩を振り、頭からかぶりつくと、山菜とも焦げとも違う若々しい苦味が口に広がってそこに日本酒を流し込むと得も云われぬ美味しさへと変貌する。少ないものの淡泊な身と歯応えのある骨と苦味のある内臓はこの時期の日本酒のためにあるように思えてくる。

「俺に稚鮎の美味しさを教えてくれたのはノリさんなんだよ」

「そうなのか。今年はさすがに……？」

「ああ。もう去年の十二月くらいからいよいよ調子が悪くなってきて、食欲もなかったからな。窶《やつ》れた姿を俺に見せたくなかったんだろうな、今年に入ってからは会ってもいないよ。最後にこの稚鮎を食べてほしかったけど」

一匹目を一口で食べ終えた二宮が云い、秋田の銘酒であるやまとしずくの夏のヤマトで、鮎の苦味を咽喉の奥へとしんみりと流し込んだ。

壁に貼ってあるメニュー表は茶色になっているし、テーブルも黒ずんでいるが、やはりノリさんのお気に入りだけあって人気店らしい。夜八時半を回って騒がしくなってきた。だが、吉永たちのテーブルは通夜の雰囲気に包まれていて、他の客の声や音楽や調理音といったものは総て葬送曲へと変わっている。

「そういえば、これが先刻《さっき》話した封書に入っていたノリさんの最後の写真だ。データよりも物の方がいいと思って持ってきた」

　渡された写真のコピーには、ベッドに座っているノリさんと、部屋を埋め尽くしている鉢植えのチューリップが病人を励ますように空間を彩色している様子が写っていた。写真の右下の数字を見ると、二〇二一年三月二十三日とあるから、本当に死の直前のものだろう。写真を撮るからか、ノリさんは病人にもかかわらずパジャマの上には春を想起させる上品な薄紫色の羽織をかけていて、すっかり白くなった髪もきちんと整っている。最後の最後までノリさんらしい生き方をしたのだな、と吉永は判り、嬉しくなった。

　しかし、一点だけおかしなものがあった。

「この白い台にのってるのって、ウイスキーだよな？」

「そうだと思うが……俺はノリさんと違って詳しくないからな」

「アードナマッハンとか云ってなかったか？」

　吉永が若干赤くなってきた顔で訊くと、

「さあ？　どうだったかな？　ウイスキーは憶えにくいんだよな」

「スコッチの場合はゲール語の場合が多いからな。このアードナマッハンも正式な発音はこれに近いけど、人によってはアードナムルッカンって呼んでいる人もいる。ちなみに、ゲール語だと『大いなる海の岬』って意味だ」

　口早に説明をして、二宮がまだ理解していないうちに、

「で、どうなんだ？」

戸惑っている二宮にゲール語やアードナマッハンについて説明する間も惜しく思い、せっつくように訊く。

「そんなような名前だったかもしれないな。できたばっかりのウイスキー蒸溜所のボトルを抽選で当たったって云ってた気がする」

やはり、と吉永は思った。枕元に置かれた腰くらいまである棚にのっているのはアードナマッハンである。どうしても周囲のチューリップの色彩に目を奪われてしまうが、写真をよく見るとラベルも読め、第一弾のものだと判った。色の豊満さではチューリップに劣るが、シックな雰囲気のあるアードナマッハンもウイスキー好きの吉永からすると同じように主役に見える。

単純な疑問が吉永の脳裏を掠《かす》めた。この写真が撮られたのは三月二十三日である。アードナマッハンのこのファーストリリースのボトルが発売されたのが去年の九月だから日にちにおかしな点はないように思える。だが、本当にこんなにも早く手に入れることができたのだろうか。

自らの死期を察して、アードナマッハンを取り寄せたということはあり得るし、ノリさんの財産をもってすればそれくらいのことはできるかもしれない。けれども、部屋一面のチューリップの中にぽつんと決して派手とはいえないウイスキーのボトルがあるのは違和感がある。チューリップで満たされている春爛漫《らんまん》の部屋だと、特にアードナマッハンの特異さが目立つな、と吉永は思った。あまりにも部屋を飾る満開のチューリップが鮮やかすぎて、アードナマッハンが置いてある場所だけ遠い面影でしか追えないような色をしている。だからこそ、余計に目につき、吉永が持った違和感を膨《ふく》らませた。

「このアードナマッハン、もう飲んじゃったのか？」

「この写真が届いてから、さすがにノリさんのことが心配になって家に行ってみたんだが、もうこの瓶はなかったな」

「そうか」

それならばノリさんはもうボトルを処分してしまっているし、写真に写ってるアードナマッハンが本物かどうかは確かめようがない。いや、一本気なノリさんの性格からして偽物ではないだろう。本物だと吉永は思っている。けれども、どうしてわざわざアードナマッハンだったのかが判らなかった。しかも、チューリップにだけ焦点を当てればいいのに、ちらっとしか入り込んでいないとはいえ、見る人が見れば珍しいウイスキーが置いてあると判る。どうしてそんな真似をしたのか、吉永には理解できなかった。

「この写真を撮ったのは誰だ？」

「今は便利屋がすっかり一つの職業になって、いろんなことをしてくれるだろ？　ノリさんはいくら親しくても俺たちには衰弱し切った姿を見せたくなかったみたいで、便利屋にこの写真を撮らせて俺のところに送らせたっぽいな」

「お前も驚いたろ？　久しぶりにノリさんから連絡があったと思ったらこんな写真が出てきたんだから。でも、ノリさんは死ぬ間際だったのに、幸せそうな顔をしてるな。これだけの鉢植えのチューリップに囲まれているともう天国にいるみたいだ」

「驚いたよ。でも、同時にノリさんらしいな、と思ったし、便利屋に最後の写真を託して、すっといなくなるのはスマートだよな」

二宮はそう答え、刺身に手を伸ばした。つられて吉永もそうする。山葵《わさび》をのせて、みやぎサーモンと金華《きんか》さばという宮城ならではの刺身に醤油をつけると、ぱっと小皿に花火が打ち上げられたように脂が広がり、意図せずにノリさんへの鎮魂花火となった。見た目通り、べたついた脂ではなく、ほんのりとした甘さが舌に広がった。

二杯目の米鶴《よねつる》の蛍ラベルを注文したとき、吉永の頭に今までとは別の疑問が生じた。

ジューシーな焼き鳥の正肉を頬張りながら酒を飲んでいる二宮に、

「立ち入ったことを訊くようで悪いんだが、ノリさんの遺産はどうなってるんだ？　答えにくいなら答えなくてもいいけど」

二宮は焼き鳥を日本酒で流し込んだあと、酔いで緩んだ目許をさらに弛《たる》ませて、

「ノリさんはいわゆる資産家だったから、金はあったよ。お前も知っての通り」

二宮は持っていたグラスを置いて、冬の風音のように暗い声で、

「ノリさんには一人だけ二親等の親族がいるんだ。歳の離れた妹さんがね」

「初耳だ、それは。一度もノリさんから聞いたことがなかったな」

「そうだろうな。あの温厚なノリさんが唯一憎んでいた人だから」

声に力が入り、二宮の鋭い視線が吉永を刺した。

「増子《ますこ》さんっていう人なんだけど、もう滅茶苦茶なんだよ。俺もはっきりと憶えてるけど、あれは一九九七年だったな。急にノリさんのところにサラ金の取り立てが来たんだよ。で、どうやら増子さんが小料理店を開くときに二千万円の借金をしたらしい。で、いつの間にか実印を盗んでいた増子さんがノリさんを連帯保証人にしやがったんだよ」

「懐かしい響きだな、サラ金にしろ、取り立てにしろ、連帯保証人にしろ」

二〇二〇年の法改正により、連帯保証人制度はマシになったと聞いたことがあるし、ドラマや漫画でよくあるようなタチの悪い取り立ては人づてにも聞いたことがない。都市伝説のようなものだろう、と吉永は思っていたので、そう云った。しかし、二宮は歯を剝き出しにして、

「いや、あの頃は本当にそういうことがあったんだよ。さすがに黒い高級車に真っ黒のサングラスに上下黒のスーツじゃないけど、見るからに堅気じゃない人たちが連帯保証人のノリさんのところに、近所迷惑なんて考えずに金を払え金を払えって押しかけてきたんだ。ああいう輩《やから》は増子さんが借金まみれで、ノリさんが裕福だっていう資産状況をよく把握

してた。取れる方から取るっていう方法を徹底しているな、と思ったよ。しかも、どうやら取り立ては毎日、時間を問わずにノリさんのうちに来てた。ノリさんも知り合いの弁護士や警察関係者に相談したけど、当時は無理だったみたいで、渋々二千万円と利息を払ったらしい」

店内が酔客で騒々しくなったが、その分二宮の声も大きくなったので、吉永の耳には増子という人物の悪評がよく伝わってきた。二宮が唇を噛んでノリさんの代わりに怒っている表情を見せたので、いかに迷惑だったのかがよく判った。二宮の中の怒りの熱はまだ冷めていないようで、

「しかも、増子さんは金に汚いし、常識がないんだよ。二人の親が死んだときも、葬儀に関する金は総てノリさん払い。挙句の果てに、増子さんの友人たちの香典は自分のものにしたっていうんだから呆れるよ」

「酷すぎるな。その増子さんっていう人は生きてるのか？」

「ああ。憎まれっ子云々ってやつだよ。ノリさんの代わりにあの人が病気になりゃよかったのにな」

人の悪口をほとんど云わない二宮が珍しくそう云い、総てを洗い流すようにしてグラスの三分の一くらい残っていた日本酒を一気に呷《あお》った。『やけ酒は酒に失礼』というノリさんのポリシーを守っている二宮だが、今日は酔いたい気分らしく、刈穂《かりほ》の夏酒を注文した。

それが来ると、朝霧のように薄っすらと濁っているグラスをすぐに口に持って行き、二宮は話を続けた。

「しかも、ノリさんが死んだらしいっていう連絡を親戚の誰かが入れちまったんだよ。そうしたら、うちの父親のところに『兄さんのことだから遺産があるでしょ。もらえるものはちゃんともらうから』っていう電話が来る始末。とことん嫌な人間っていうのはやっぱりいるもんだな」

「でも、ノリさんのことだから、遺言書を残してたんじゃないのか？　そうすれば、お前のところにノリさんが残してくれたものが来るんじゃないのか？」

「ノリさんは遺言書を書く気がなかったんだよ。遺言書があれば相続争いは少なくなるけど、相続税がかかるからな。サラ金の取り立ての一件以来、ノリさんは国や役所をまったく信用しなくなったから、『生きているうちに使い切って国には金を払わない』って決めてたらしい。もちろん、増子さんにも一銭も金がいかないように、持っていた土地や株や金やプラチナ、それから絵画類まで売って、蕩尽《とうじん》したんだよ」

金が高騰しているとはいえ、そこまで徹底するあたり、ノリさんらしいな、と吉永は感心してしまった。本当に何も増子には残す気はなかったらしい。

「金歯も売っちまうくらいだからな。総てを金に換えて、悪い云い方をすればここ数年はそれを使い果たすための生活をしてたんだ」

「それじゃ、行方不明になったときには貯金もほとんどなかったたってことか？」

「いなくなる直前に数十万円の金を下ろした形跡があった。死ぬための場所の確保とそこに行くまでの交通費かもしれないな」

「もしかして、本気で前に話していたみたいに樹海に行ったかもな。ノリさんの性格からして本当にやりかねない」

「俺もそうだと思う。あと、念のため残高を見てみたら、十二円になってたな。あのときは全部を忘れて笑っちまったよ。綺麗に何も残さず去ったたって感じかな」

「ノリさんの信条だったあの言葉を思い出すな」

吉永の言葉が引き金のようになり、二人は顔を見合わせて笑いながら、

「『人生はその人だけのものだから』」

声が自然と揃った。それだけ二人ともノリさんに感化されたということだろう。

ノリさんらしいな、と吉永は思った。痛快な人生を歩み、ライオンのように尊厳のある生き方をしたノリさんの偉大さを改めて吉永は痛感した。自分の皿に山葵を取り、少しずつ箸で摘まんで醤油につけて酒のアテにしている二宮を見て、そういえばノリさんも同じことをしていたな、と思い出した。そうやって淡々と酒を飲んでいる二宮は、さすがに長年ノリさんと付き合いがあっただけに、もう後継者にも似た風格がある。

ノリさんとその妹の増子の仲の悪さはよく判った。二千万円とその利息となると当時と

しては相当の額を支払ったことになる。いくら妹とはいえ、顔も合わせたくないだろうし、もちろん、財産を残す気など毛頭なかったはずだ。この手の話を聞くと、生きている人に少しでも多くの金を残せばいいのに、と吉永は思うものだが、今回ばかりは徹底して、国にも増子にも金を渡さず、使い切ったノリさんの思い切りのよさに惚れ惚れしていた。

ノリさんと二宮は増子を毛嫌いどころでなく、蛇蝎《だかつ》の如く嫌っていた。そして、増子は過去の行いを反省することなく、今回も相続権を主張して二宮を苛立たせている。吉永が口出しできることではないが、増子にはノリさんの残したものを奪ってほしくないと思った。二宮の話しか聞いていないし、吉永は専門家ではないから判らないものの、このまま行けば増子は何も得られない。遺言書があっても、増子の性格を聞く限り後に引き摺りそうだから、生前に総てを清算したノリさんの判断は正しかったと思う。

しかし、やはり吉永には今年の三月二十三日に撮影されたという写真のアードナマッハンが気になって仕方なかった。殺人などの大きな事件が起きて、それに関連した重要な写真というわけではない。それどころか、事件性などないと吉永は思っている。だが、アードナマッハンの存在は無視できない。抽選に当たり、即座に送ってもらえば三月二十三日に間に合っただろう。もしかしたら、国際スピード郵便を使えば費用は五千円以上かかるとはいえ、一週間くらいで届く可能性もある。金を使い切るつもりだったというから、ノリさんは躊躇うことなくそうしただろう。だから、三月二十三日にアードナマッハンが仙台にあったという点は判らないでもない。それにアードナマッハンを病魔に冒されながらも飲んでいたノリさんの気持ちも理解できる。けれども、何か、本当に些細な何かが吉永の胸に引っかかっているのだった。はっきりとした言葉にできなかったから、ノリさんの話は一度終わりになり、別の話題に移った。

それから日本酒と料理に舌鼓を打ち、二人が上機嫌になったとき、夜の十時になっていることに気づいた。レジの後ろにかけられている時計の針は、着々と今日の最後へと突き進んでいる。満席だった店内からはいつの間にか客が引けていて、調理場からの洗い物の音が店じまいを告げる見えない波紋を広げていた。会計を店員にお願いして、席を立ってレジへと向かうと、聞こえるはずがないのに時計の秒針の音が聞こえた気がした。それはもう二度と聞くことのできないノリさんの鼓動のように吉永には思えた。

※

雪が溶けて春になったとはいえ、まだ陽が落ちるのが早い。五時すぎともなると、定禅寺通周辺のビルの隙間を滑り落ちるようにして朱色に染まった太陽が姿を消していく。国分町のネオンよりもほんの少し早く夜を察知した西の薄雲が仄暗さを帯びていて、じわじわと夜が染み出てくるのが判る。『シェリー』周辺のビルの窓ガラスでさえも、もう夕陽を漣《さざなみ》のように細かく砕くことができず、夕闇を待っているようだった。

「ノリさんの遺体はまだ見つかっていないし、誰も犯罪めいたことはしていない。それに、アードナマッハンが今年の三月にあったたっていうのもあり得る話だしね。でも、何か引っかかるんだよ。だからついつい愚痴っぽく安藤さんに話しちゃったたってわけ。お陰で自分の中で一区切りついた。ありがとう」

「お客様に心地よいお時間を過ごして頂くのがバーの一つの役割ですから、そう云ってもらえると大変嬉しいです。また、アードナマッハンについての興味深いお話を拝聴させて頂き、こちらこそありがとうございました」

「アードナマッハンを飲んだら話したくなっちゃっただけだから。あ、でも、例の写真の裏に、増子からいやがらせを受けたらこれを見せろって書いてあったたって二宮が云ってたな。どういうことか判らないけど」

「なるほど、やはりそうでしたか」

「え？　やはりってどういうこと？　もしかして、安藤さん、俺がアードナマッハンに違和感を持った理由が判った？　やっぱりあそこに写っていたアードナマッハンには意味があったの？」

チェイサーを飲む手を止めて、矢継ぎ早に吉永が訊いた。

はい、と安藤は返答し、こう続けた。

「差し出がましいようですが、お手伝いいたしましょうか？」

「是非、お願いしたいね。でも、俺の話だけじゃ材料が不足していると思うんだけど……」

「いえ。吉永さんがとてもご丁寧にお話ししてくださったので、よく判りました」

ほんわかとした笑みを浮かべて、安藤が吉永を見た。クッションや羽毛は体を預ければ優しく受け止めてくれるが、安藤の笑みは心の重さを和らげてくれる気がする。そして、朗らかな口調に悩みを打ち明けたくなる魔法がかかっている。

「謎っていうほど謎じゃないけど、謎解きをお願いしたいな」

「承知いたしました。実は既にわたしの方で用意しておりました」

安藤はチェイサーのグラスがかいた汗を拭き取ってから、視線を吉永に合わせた。ウイスキーが綺麗に並んでいる棚のバックライトは受けていないし、夜へと傾き出した外も春らしい朧《おぼろ》げな薄闇を窓から滲《にじ》ませてくる。それなのに、安藤の瞳には燈火のようなものがあって、吉永の疑惑を明るく照らしてくれる気がした。

「この件はノリさんの、ノリさんによる、ノリさんのためのちょっとした騒ぎです」

「話の中心にいたのはノリさんだからそれは判るけど、どうもそれだけじゃ全体像が摑めないな」

「さすが吉永さんです。実は今回の出来事で一番重要なのは、どういった形をした事象なのかを的確に把握することだと存じます」

　なるほど、と吉永は思った。安藤の云うように、違和感を持ちながらも、どこに不思議な点があるのか、吉永は理解できていなかった。問題が判らないのだから、正解を導き出すことなどできるはずがない。しかし、もう一度ノリさんや二宮の言葉などを振り返ってみたが、やはり違和感の正体が判らない。せいぜい浮かんでくるのは、アードナマッハンがあそこにあったことくらいである。

　そう口にすると、安藤は微笑を加えて、

「その通りです。どうしてあそこにアードナマッハンがあったのか。これが一番の謎です」

「そうなんだけど、あっても不思議じゃないんだよ。話した通り、発売はされていたし、金をかければ三月に仙台で飲むことができる。ノリさんが実際にやったように」

「はい。仰《おつしや》る通りです。しかし、わたしが注目したのは、チューリップに囲まれた部屋の中にぽつんとアードナマッハンがあったことです。最後に飲まれたのは一番好きなボウモアだったでしょうから、アードナマッハンをわざと目立つように置いたのではないか、とわたしは考えました」

「だとすると、あれは意図的にノリさんが便利屋に頼んであの構図の写真を撮らせたってこと？」

「わたしは少々違った見方をしております。あの構図の写真を撮影したのはノリさん自身だと考えております」

「脚立や自動タイマーを使えば一人でも撮影できそうだけど。でも、そうすることでノリさんが得をするってわけじゃない気がするんだけどな。もちろん、二宮も」

しかし、安藤は夕方と夜の境界線に漂う薄闇を切るような目つきになり、

「実はそうではございません。ノリさんは自分の誇りと二宮さんの利益を守るために少々仕掛けをしたのでございます」

「仕掛け？　それがアードナマッハン？」

「その通りでございます。今一度、お写真を拝見してもよろしいでしょうか？」

吉永はポケットから再び写真のコピーをカウンターの上に置いた。薄暗くなっても、ノリさんがいた部屋に溢れているチューリップの呈色は見事なものだし、逆に一本だけ置かれているアードナマッハンは舞台から外れて寂しげに見える。

「お写真の焦点はノリさんですから、チューリップにもアードナマッハンにも合っていないのは理解できます。アードナマッハンを写り込ませる必然性も感じられません」

「そうなんだけどね。でも、ノリさんがせっかく抽選で当てたものだし、ウイスキーを愛していたからなあ」

「わたしも最初はそう思いました。けれども、吉永さんのお話を拝聴しているうちに、別

の目的があったのではないか、と思うようになりました」

「別？」

「はい。まず気になったのは、ノリさんが強引とも云えるお金の使い方をして口座を空っぽにして姿を消した、という点です。二宮さんのお話によると、ノリさんは増子さんと犬猿の仲だったそうですね。ですから、資産家にもかかわらず、一切増子さんに渡らないようにした」

うん、と吉永が頷《うなず》く。同じことを吉永も考えていた。

「もう一つ、増子さん絡みですが、ノリさんは過去の苦い経験から国をあまり好んでいなかった。だから、お金を使い切る必要がこの点からも生じたのです」

そこまで云い、安藤は、貧乏人のわたしからすると羨ましい限りですが、と冗談めかした小さな笑いを挟み、

「わたしはノリさんの実際の資産額を存じ上げません。けれども、お話を聞く限り、それなりのものだったことは想像に難くありません。恐らく、自分が生きているうちには使い切れない、とお思いになったのではないでしょうか」

「それはあり得るな。だから俺や二宮にいいものを食わしてくれた。でも、それとアードナマッハンはどういう繋がりがあるの？　輸送費などを考えると確かに二万円くらいはしたかもしれないけど、ノリさんからしたら大した出費じゃないと思う」

「いえ、ノリさんが本当に行いたかったのは、もっと大きな金額の使い方です。相続、という」

一瞬、吉永の意識に空白のようなものができて、安藤の言葉についていけなかった。相続と云ったのは確かなのに、聞き間違えたのではないか、と自分の耳を疑ったくらいである。

「相続ってノリさんの財産を、たとえば一番仲のよかった二宮に与えようとしたってこと？」

「まさしくその通りだと存じます。本来であれば増子さんに相続されるはずですが、過去の軋轢《あつれき》が相当なものでしたから、それは絶対に行いたくなかった。かといって、全額を二宮さんに生前贈与するとなると、同じくノリさんがあまり好きではなかった国に税金を納めなければなりません。ノリさんは決して吝嗇《けち》な方ではなかったようですから、金銭が問題ではなかったのだと存じます。プライドの問題でございます。単純に昔裏切られた国に納めたくないとお思いになられたのでしょう。ですから、ノリさんらしい、国に復讐するかのような賢くて痛快な方法を考えました」

「賢くて痛快な方法？」

「はい。といっても、珍しいものではございません。生前贈与の場合、贈与税がかかるのは一年間に百十万円を超えた場合だけです。ですから、極端なことを申しあげれば、毎年百十万円をこつこつと贈与したい人に渡せば、何の後ろ暗い思いもせずに税金を支払わずに済みます。暦年《れきねん》贈与と呼ばれる方法だとお客様から聞いたことがございます。ただ、この方法だと贈与者が亡くなる前三年以内に贈与を受けた場合は相続税がかかります」

相続についてそんな話を聞いたことがあったな、と吉永は思い出した。相続税など自分には縁のない話だから深い記憶の底に沈めていたのだが、まさかこのタイミングで浮上してくるとは思っていなかった。

「ノリさんは楽しみながらそういうことをやる人だったからな。充分に考えられる。でも、それじゃ、今年の三月に撮影されたアードナマッハンの意味はないんじゃ……」

「あの写真におけるアードナマッハンの役割は、保険、でした」

「保険っていうと？」

「アードナマッハンがしっかりと写り込んだ写真を送ったのは、メ、イ、ンであるトリックが発覚しそうになったときにはそうしろ、というメッセージだったのです」

「ちょ、ちょっと待ってくれ。話が急に見えなくなった」

するど、安藤は深々と頭を下げ、

「失礼いたしました。先走りすぎました」

丁寧に謝ったあと、

「税金のかからない生前贈与の対象となる期間は、亡くなった日の三年前の同日より前の期間でございます」

「三年前の同日？　よく判らないな」

「ノリさんはミスを犯してしまいました。それは亡くなる三年以内の贈与については税金がかかる、という点を見落としていたことです。つまり、死亡から遡って三年間に贈与された部分については相続財産とみなされ、相続税の対象となるという点です」

「そうすると、二宮は結局税金を払わないといけなくなったってこと？」

「はい。相続税の対象となってしまいます」

「ここまでやったのに、ノリさんは悔しがるだろうね。せっかく大嫌いな税金を払わずに二宮に財産を分けてきたのに。それにしても相続は面倒だね」

「ですから、公的な遺言書を作成して二宮さんに全額を相続させる、という手もあったかもしれません。けれども、増子さんの性格を鑑みるとノリさんが亡くなったあと、二宮さんたちにネチネチとタカってくる可能性は高かったと存じます」

「ノリさんはそれを防ごうとして暦年贈与の仕組みを利用しようとしたんだ。けれども、亡くなった日から遡って三年以内の贈与には税金がかかるっていう落とし穴には気づかなかった」

「仰る通りです。ただ、三年よりも前の贈与には税金がかかりませんし、少しは成功したと云えるのではないでしょうか」

「そうかもね」

ノリさんもあの世で、失敗したなあ、と笑っていそうだな、と想像して楽しくなってしまった。

「ここまではノリさんも許容できる範囲のミスです。しかし、一番大事なところで誤算が生じました」

「というと？」

「ノリさんの命が昨年尽きたのです。恐らく二宮さんとお会いしなくなった十二月末だったと想像します」

えっ、という声と、はっ、という音が交じり、壊れたラジオに似た音声が漏れた。

「ノリさんのことですから、きっと二宮さんに迷惑がかからないように、かつ、死を悟られないようにどこか遠い場所で亡くなったと思います。一番適しているのは、ご自身が仰っていたという、富士の樹海ですね。正式には青木ヶ原《あおきがはら》樹海と云います。ご存じの通り、自殺者の多い場所で二〇〇〇年までは定期的に大がかりな遺体の捜索が行われていたそうですし、今もパトロールが不定期で行われているとのことです。しかし、それでも、あれだけ広大ですから、完璧に樹海に入っていく人を防ぐのは不可能でございます。ノリさんもそのことはご存じでしたでしょうから、死に場所をそこに選んだのでしょう。しかも、冬季となればあの付近は危険ですから、人気は少なくなります。その分、ノリさんのように覚悟を決めて、遺体がなるべく発見されないようにしたい人にとってはよい場所かもしれませんね」

「あの冗談のような話を本当に実行したのか。さすがノリさんだな」

「しかし、失踪する前にやるべきことがございました。それがあの写真を作ることです。今はパソコンやスマホの進化に伴って、偽造写真を作るのも容易《たやす》くなりました。吉永さんと二宮さんは便利屋に写真を撮らせてそれを送らせた、とお考えのようですが、ノリさんの性格を考慮いたしますと、極力頼らず、予め自分でパソコンを使って写真を偽造しておき、それを封筒に入れて封蠟をした。そして、便利屋には今年の四月二日に二宮さんのところに届くように投函してくれ、とだけ頼んだのだとわたしは推察いたします」

「ノリさんの拘《こだわ》りは相当なものだったからね。確かにそれくらいはしそうだ。でも、アードナマッハンは去年の段階では日本に入っているかどうか微妙な状況だったし、それをクリアしても、あのチューリップはどうなるの？　十二月にあれだけのチューリップを咲かせるのは無理だよ」

　いくら植物に疎い吉永でもそれくらいは知っている。温室内での撮影ならばともかく、仙台の一般的な自宅である。しかも、部屋から溢れんばかりの大量のチューリップを真冬に用意するのは難しいはずだ。

「実はお客様に園芸が趣味の方がいらっしゃいまして、その方からこんな話を伺いました。

『安藤さん、今はクリスマスにチューリップを飾ることができるんだよ』と」

「クリスマスにチューリップ？　まさか」

「わたしもそう思いました。けれども、今はアイスチューリップというものがあるそうです。六月頃に掘り上げた球根を三ヶ月から五ヶ月、冷蔵庫で冷気にあて、十一月くらいに芽出しポット苗で販売する園芸店があるそうなんです。チューリップは一度寒さを経験しているので、十一月か十二月には『寒いけどもう冬を越したんだな』と錯覚して花を咲かせる、という仕組みのようですね」

「そんなことができるのか……だとすると、この写真に写っているチューリップは……」

「はい。アイスチューリップかと存じます。他のチューリップに比べて値が張るようですが、そういった面白いものこそノリさんの好みである上に必要なものだったのではないでしょうか。なぜ、自分の死期を実際の冬ではなく、数ヶ月後の春にしたのでしょう。ノリさんは年を跨いでいれば無条件で百十万円を税金なしで贈与できると信じていらっしゃいました。ですから、季節を冬から春へと摩《す》り替え、年をずらすことで税金のかからない贈与をしようとしたのだと存じます」

「そうか。アードナマッハンをわざわざ写り込ませているのは、今年の三月にようやく入手した、と俺のようなウイスキー好きを誤認させて、この仕掛けを強固にしたかったんだ。ほんとは金をかけて去年のうちに手に入れていたのに」

「わたしもそうだと思います。できたばかりのアードナマッハンのファーストリリースです。販売された時期や、本国で去年の秋に発売だったことを考慮すると、日本のバーやご家庭で飲めるのは翌年以降だろうという思い込みを利用できますから、ノリさんにとって格好の道具だったのではないでしょうか。実際にわたしがチェックしている東京の有名なバーでも、アードナマッハンの試飲が行われていたのは今年の二月でした。ウイスキー好きであればあるほど騙される小道具だと思います。それをさらっと使うあたり、ノリさんは本当に面白い方ですね」

「本当に最後の最後まで悪戯心《いたずらごころ》を忘れない人だったんだな。二宮が云うには家には一切ウイスキーは残っていなかったから、飲み干したんだろうね。まったく、ノリさんは最後まで、らしさ、を失わなかったんだな」

嫌悪している妹には財産を一円も渡さない方法を実行し、死期が大体判ると焦ることなく多くのウイスキーリストの中から使えるものを選び、かなりの金を使って急いで輸送させ、そして吉永たち他人に季節を誤認させるために高いアイスチューリップを大量に購入して部屋を飾った。こんな酔狂な真似は他の人にはできないだろう。

しかし、貯金残高が増えていくのを見てにやにやしながら生きる人よりも、ノリさんのように自分の思うような金の使い方をする人の方が吉永は好きだ。生前からノリさんは吉永にとって憧れの対象だったが、こういう死に方をしたことによってその情はますます大きくなった。増子のような金という妖怪に取り憑かれているような下らない人間や、ウイスキーに興味のない人は鼻で笑うだろう。けれども、吉永は粋を凝らし、人の記憶に永遠に残る生き方をしたノリさんを笑う気にはなれない。尊敬の念しか湧いてこないし、こういう死に方をしたい、と純粋に思った。生き方を示す人はこの世にゴマンといるだろう。だが、こんな死に方をしたい、と思わせてくれる人はなかなかいない。ノリさんはその数少ない偉人である。

百十万円は大金だ。けれども、ノリさんはそれを猛烈に二宮に相続させようとしてこのようなことをしたのではない。国や憎い増子にみすみす奪われるのは嫌だったし、ノリさんの信念を考慮すると、それは敗北を意味する。だからこんなややこしい真似までして死ぬ間際に最後の百十万円を二宮に渡そうとした。ノリさんの性格を知っている吉永ならば判る。

「アイスチューリップを使って季節を誤魔化せば、大抵の方がノリさんは今年春までご存命だったんだな、と考えるはずです。しかし、お話を伺っていると、増子さんは執念深く粗探しをするのではないでしょうか。そのときのために、ノリさんはアードナマッハンを写したのだと存じます。写真の右下には日付が入っておりますが、ノリさんがそうしたように今は素人でもパソコンを使えばそれくらい何とかできますから」

「日付については安藤さんの云う通り、いくらでも細工ができるね。あと、ちょっとでも隙があれば増子さんが文句をつけてくるっていうのも何となく想像がつくね。二宮の話を聞く限り、そういう人だ。でも、ウイスキーには詳しくないようだから、専門店に問い合わせる程度だろうね。そうすると、ますますノリさんの仕掛けが効いてくる。『去年の秋に発売されたばかりで、今年になっても日本では入手困難なくらいです』って云われるだろうから」

「仰る通りです。ノリさんの計算通りですね」

「二宮はびっくりするだろうね。百十万円はノリさんのまさに最後の勝負とも云えるプレゼントだったんだから。そこまでして自分のことを考えてくれたノリさんに感謝するだろうな。でも、これは脱税行為にはならないのかな？」

「わたしも詳しくはありませんが、二宮さんはご存じありませんでしたし、悪意はございませんでした。ですから、問題になったとしてもこの三年間の分の相続税は支払わなければならない、というくらいのことだと思います。それよりも、ノリさんのご遺体を発見してお葬式をするのが先決かと存じます。生前に仰っていたように樹海でお亡くなりになっているとしたら、捜索費用もかかりますから、最後にノリさんからもらっていたお金をそのまま使うのも粋かもしれませんね」

「ご尤《もつと》もだ。二宮でも行方が判らないとなると、本格的に樹海を捜索しないとね。そのときに今までノリさんからもらっていたお金を使えばあの世で笑ってくれるだろうし、二宮も納得するだろうね」

「是非、そうなさってくださいませ。アードナマッハンを飲むたびに思い出すという、何よりの財産を残してくださった方ですから」

そう云ってアードナマッハンのボトルを見た安藤の目は、懐かしさと尊敬を綯《な》い交ぜにした色をしている。黄昏時に似たバックライトの色を瞳に映しているせいか、昔の友人を思い出しているように吉永には見えた。安藤とノリは会ったことはない。しかし、吉永の話を通じて、理想を共有する友人になったのかもしれない。

「場所が樹海であれば発見できるかもしれませんが、それ以外だと難航することも考えられます。その際は、遠慮なくわたしに御申しつけくださいませ。そういった人探しを得意にしている方を存じ上げておりますので」

「ありがとう。手間取るようだったらお願いするよ」

安藤のフォローがあると思うだけで巧くいくような気がした。安藤の頭脳と人付き合いの多さを考えると、何を相談しても解決してくれそうな安心感がある。

「それにしても、普通に贈与税を払った方が楽だし、安く済んだかもしれないのに、それをやらなかったノリさんはノリさんらしいな。最後まで人生を満喫した。なかなかそういう人はいないよね」

一般的に税金を払う、もしくは少額でもいいから増子に金を渡した方が楽だっただろう。

結果的に失敗したし、正確に計算してみないと判らないが、そちらの方が安く済んだかもしれない。けれども、ノリさんはそうしなかった。今際《いまわ》まで気格を失わず、それでいて遊び心も忘れずに死んでいったのだ。人によっては、下らない、の一言で片付けられてしまうかもしれない。だが、人はパンのみにて生くるものにあらず、という言葉がある通り、人生には余白のような部分がないとつまらない。かといって、ネットなどで騒がれているものに飛びつくのも味気ない。それは自分なりの価値観を持っていないからに過ぎない。だからこそ、ノリさんの行った馬鹿馬鹿しいことが一瞬の虹のような輝きを放つ。

「もう一杯、アードナマッハンをお願いしようかな」

吉永の言葉を待ち受けていたのか、安藤はもうボトルを手にしてコルクを抜き始めていた。

数十分の間に味が変わることなどあり得ない。しかし、柑橘系の匂いが強まった気がする。魂の存在を吉永は信じていないが、ノリさんのそれが乗り移り、アードナマッハンの味を引き上げているようだった。

ゆっくりと味わっていると、店内のジャズに雨音が交じっていることに気づいた。先刻まではそんな気配はなかったのに、細雨が窓外を濡らしている。もっと土砂降りになれば、ノリさんを悼む涙雨だと思えるが、すぐに止むであろう小雨で、しかも、傘を差すかどうか迷うくらいのものだ。そんな風に人に悪戯をするのはある意味でノリさんらしく、このとき吉永はノリさんの死をはっきりと確信することができた。人生の終焉に向かっていくノリさんには直接会っているし、アードナマッハンと写っている写真の中では死の暗影がはっきりとしていた。それでもまだ吉永はノリさんの死を実感することができていなかったように思う。しかし、本当は昨年の冬に死んでいたという安藤の推理を聞いて、ノリさんの死の輪郭がはっきりと見えた気がした。

仙台の冬は全国の人が想像するほど厳しくはない。それでも、たまに細かい氷の粒のような雪が視界を遮り、街を白色に鎖して街の形を暈《ぼか》すことがある。安藤の話を聞く前までは、吉永にとってノリさんの死はそういう曖昧な姿をしていた。でも、今は違う。ちょうど季節通り、春の光と温い雨を鏤《ちりば》めた視野でノリさんの死を捉えることができている。

ピアノジャズと、しっとりと仙台を濡らす雨の音が『シェリー』に満ちた。吉永も安藤もごく当たり前のように口を噤《つぐ》んでいた。ゆったりとアードナマッハンを飲むことが、今の吉永にできるノリさんへの最大の供養である。前へ出てきたアードナマッハンのさっぱりとしたフルーツを思わせる香りが、春の雨によく合っていると吉永は思った。

二十分ほどかけてゆっくりと飲んだあと、

「ご馳走様。いい話が聞けたし、いい酒を飲めて満足したよ」

「そう云って頂けるとバーテンダー冥利に尽きます」

「今度は二宮を連れてくるから。面白い話が聞けると思うよ。あいつはちゃんとノリさんの遺志を継いでいるから」

会計を済ませながら云うと、安藤が素早くカウンターの中から出てきて、鉄扉を開けた。しかも、「雨が降っておりますから」と傘を貸してくれた。

「本日もありがとうございました。雨が降っておりますので、お足許にどうぞお気をつけて。またのお越しをお待ちしております」

心なしかいつも以上に晴れ晴れしい笑顔で安藤が見送ってくれた。

階段を下りて傘を差して小路を見渡すと、アスファルトを這い、緩く漂う霧雨が流れているのが判った。靄《もや》というよりも、一年ぶりの春の温《ぬく》もりにびっくりしたアスファルトが白煙をあげているように見えた。国分町を中心に居酒屋などがネオンを灯し出しているが、灰色の筆で春の仙台を彩色する雨に遠慮するように薄い。車のクラクションは聞こえるものの、ヘッドライトは吉永のいる場所までは届いておらず、夜に近い闇と細かい雨だけの小路はやけに広がりのある暗い砂漠を思わせた。

そんな殺風景な景色に反比例して、吉永の心は澄み渡っていた。二宮に真相を話すことや、ノリさんの遺体を捜すことや、増子とのやり取りはきっと大変だろう。しかし、そんなことを忘れさせるだけのものをノリさんは残してくれたのだ、と今の吉永ならばはっきりと云える。

足を進め、タクシーを拾うために定禅寺通に出ると、それまで控え目だった鮮やかな色が氾濫しているのが見えた。いつもならばちょっと鬱陶しいな、と思うところだが、今日はその色々がチューリップの花のように見えて吉永は顔を綻《ほころ》ばせた。

何故、メーカーズマーク46に中身が入っていたのか？

マスターの独り言

すだちのウォッカトニック

材料

ウォッカ45ml
大粒すだち(3Lサイズ)4つ
トニックウォーター110ml

コリンズグラスを冷凍庫で冷やしておきます。
大粒すだちを横半分に切り果汁を15ml搾ります。搾り終わったすだちは捨てずに、3つは幅1cmの輪切りにし、1つは1円玉大に薄く皮を切りとっておいてください。
冷やしておいたコリンズグラスに氷とすだちの輪切りを交互に重ねていきます。
氷と共にウォッカと搾ったすだち果汁をシェイカーに入れてシェイクし、コリンズグラスに注ぎ入れた後、トニックウォーターでグラスを満たし、バースプーンで軽く混ぜます。最後に1円玉大の皮をしぼり、香りづけをして出来上がり。

一言POINT

コリンズグラスに用いる氷は、氷とすだちの輪切りが綺麗に見えるように大きさを調整します。

「お待たせしました。すだちのウォッカトニックになります」
羽山《はやま》の前に、すっと細長い円柱のようなグラスが置かれた。透明なウォッカトニックの中には、輪切りにされたすだちが、階層を作るような形で溺れている。グラスはもちろん、氷やウォッカトニックや果肉も透明なため、緑色の皮だけが余計に鮮明に視界へと飛び込んでくる。何もかもを白く塗り潰している真夏の陽光が、その部分だけ染め忘れているかのようだった。

羽山はマスターの安藤に軽く会釈をしてから、よく冷えたグラスに口をつけた。涼風のような酸っぱさが口内を駆け抜け、羽山の味覚を擽る。酸っぱいと云っても、顔を顰《しか》めるほどのものではない。すだちのほんのりとした甘みと酸味、トニックウォーターの若干の苦み、ウォッカの綺麗なアルコールの匂い——それらが自己主張しつつも相手を引き立て、一つの音楽を奏でているように思えた。それぞれが他の邪魔をせず、かといって引き立て役だけに徹しているわけでもない。その絶妙のバランスを取っているのは安藤の腕である。シンプルなカクテルこそバーテンダーの腕が試されるというが、その通りだと羽山は思った。

「美味いなあ……こんな暑い日には堪《たま》らないね」

一口目を嚥下《えんか》した羽山の口から自然な感想が零《こぼ》れる。午後四時の窓際の席には尖《とが》った陽射が襲い掛かってきていて、羽山の左の頬を鋭く切りつけている。痛みを感じるくらい鋭いのだが、同時に光には噎《む》せ返るほどの濃密な夏の匂いがあり、羽山は光の澱《おり》のような重苦しい季節の空気に包まれていた。

だが、すだちのウォッカトニックを飲んだ瞬間に、羽山はそんな夏の暑苦しさを忘れた。目にも体にも涼しいすだちのウォッカトニックが、夏の嫌な部分を押し流したのを羽山ははっきりと感じていた。

「ありがとうございます。暑い日にはぴったりのカクテルかと存じます」

安藤が表情を緩め、爽やかな笑顔を作った。すだちを切り、搾り、丁寧にシェイクしているときも穏やかな顔をしていて、仕事柄、人間の濁った部分ばかりを見ている羽山の気分を変えてくれていたが、今はさらにこちらの心を和ませてくれる。それが羽山がここに通い続けている理由の一つだった。

「今日はお休みですか？」

あっという間に三分の一ほどウォッカトニックを飲んだとき、安藤が優しく語りかけてきた。安藤が自分よりも年上なのか、それとも逆なのか判らないが、もう何年も変わらず丁寧語で話してくれるのがありがたかった。羽山は頭に霜を置き始めている年齢とはいえ、職場で後輩たちに目上扱いされると居心地が悪くなってしまう。彼らの慣れない敬語が小さな棘になり、何の役職にも就いていない羽山を嘲笑いながら刺してきているように感じていた。

だが、安藤の語り口はそういう類のものを一切感じさせない。それが心地よく、自然と笑みを零しながら、

「うん。二週間ぶりの休みでね。ここのところ、忙しかったから」

「夏場はお忙しいんですか？」

「そうだねえ。真夏と真冬はどうしても仕事が多くなるね」

羽山は、便利屋、という今ではすっかり一般的になった職業をかれこれ三十年以上やってきた。とある私大を出たものの、就活に失敗した羽山は当時は怪しいとされていた便利屋に空きを見つけ、就職したのである。掃除、家具の移動、様々な修繕、蜂の駆除、パソコンでの文書作成、そして除雪作業までと業務は多岐に亘る。憶えることも多かったし、体も心も酷使する仕事も多々あった。ただ、慣れないうちは上司から叱られる辛い日々が続いたが、次第に職場に馴染んでくると面白いと思えるようになってきた。まだ二十代だったこともあり、体力や気力や好奇心が漲《みなぎ》っていて、様々な体験を楽しめたのである。

あるときは、もはや庭が森と化した家の隣人から、「隣の蔦《つた》がこちらに伸びてきて困る。何とかしてもらえないか」と頼まれた。早速、植物だらけとなっていた家を訪ねて交渉し

たが、応じてくれず、行政にも働きかけたのだが解決できなかった。ここまではよくある話である。ところが、ここから先が未体験の領域だった。羽山の苦戦を聞きつけた上司が怪しげな霊媒師に、隣家の植物を枯らすように依頼したのである。すると、鉄壁のように重々しく茂っていた緑の塊が、みるみるうちに白茶けてきた。霊媒師が祈禱《きとう》してから一ヶ月であっという間に蔦どころか、雑草も含め、庭には緑が一つも残らなかった。清水《せいすい》に一滴の墨汁でも落としたかのように、見事に庭の植物は枯れ果てた。これには羽山も依頼人も、そして隣人も恐怖し、問題は解決したのである。

また、飼い犬が自分を主《あるじ》だと思って困っているという依頼もあった。様々な学説が乱れ飛んでいるが、犬は群れの中で順位づけをする生き物だとされる。その家の犬は自分の方が飼い主である老夫婦よりも上だと思い込んでいるらしく、何とか調教できないか、と頼まれたのだった。最初はそんな馬鹿な依頼があるのか、と思いながら仲間と躾《しつけ》をして解決したのだが、一年に二度か三度はそういうことに遭遇した。仙台やその近郊ともなると、人口は他の地方都市よりも多い方だろうが、それにしても、意外にもペット関連の困りごとは多いらしい。

こういった例ならば笑い話にできるし、サークル活動の延長線上に仕事がある気がして、羽山は楽しんでいた。給料も待遇もよいし、上司の性格も判ってくると悪い職場ではないと思えてきた。プライヴェートも、学生時代から腐れ縁のように関係を続けながら欲望の捌《は》け口にしている相手がいたが、青春のザルの目から零れたようにダラダラと付き合っていただけで気楽なものだった。だが、普通に就職しなくてよかったな、と思っていた五年目の夏の出来事が、羽山を暗く底深い陥穽《かんせい》へと落とした。

酷暑だった。仙台の夏は避暑地のように涼しくはないが、逆に西日本のように猛暑日が何日も続くわけでもない。しかし、その年は猛暑日が何日もあり、アスファルトに撥《は》ね返された陽射が陽炎《かげろう》となってゆらゆらと街並みを揺らし、オフィス街では窓ガラスが光を割ってあちこちで白い飛沫《しぶき》を立てていた。

急に左目が見えにくくなった。最初は大したことないと思ったものの、目の病気は怖い。会社を休んで精密検査をしてもらうと、嫌な予感は的中し、ある程度進行した緑内障だと告げられた。その診断から十年ほどが経過しても、目がまったく見えなくなるということはなかった。ただ、よくある病気とはいえ、徐々に視野が欠けていく左目は羽山の未来をそのまま投影しているかのようでいい気分ではない。このとき羽山は、こうやって人生は先が見えなくなっていくんだな、と痛感した。

二ヶ月に一度は通院するように眼科医には云われているのに、面倒臭さと諦めが足を鈍らせ、酷いときは年に一度しか行っていない。毎日点眼してください、と云われていた目薬も、焼け石に水のような気がして点眼していない。そして、悪いことは続くもので、ゆくゆくは結婚してもいいと思っていた相手に棄てられ、文字通り、何も持たなくなってしまった。そういうことがあってから、今までの常識や考え方が崩壊してしまい、羽山に捨て鉢な生き方をさせていた。いつ死んでもいいな、と簡単に思うようになっていた。

便利屋での仕事が身についてきて、他の職種への転職が面倒だと思えてきたのは四十五歳になったときだった。気づけば便利屋という職業に人生を搦《から》め捕《と》られたまま時間だけが過ぎ去り、髪は白く枯れ始めていた。緑内障が悪化し、パートナーが見つからないまま時間が過ぎ、諦めに似た将来しか浮かばない年齢になっている。

その間、羽山の生活で変わったことといえば、この『シェリー』に来るようになったことくらいだった。平日に休暇を取ることになり、昼間からどこかで酒を呷ろうとしたが、なかなか店が見つからない。国分町もさすがに昼間は寝ているか、と諦めかけてそこから外れた通りを歩いていたとき、『シェリー』の看板を見つけたのである。

安藤の飾らない人柄、酒の美味さ、居心地のよさ、良心的な値段、自分の生活に欠けている総てのものがここには揃っているように感じられた。それから二十年近く、二週間に一度は来店し、すっかり虜《とりこ》になった。

だが、今日、ここに来たのには理由があった。ある出来事があったからこそ、『シェリー』に来たのだった。

氷を砕く力強さとカクテルを正確に作る繊細さを併せ持った安藤の手が、すっと伸びてきてグラスを片付けた。そして、

「何か、お飲み物をお持ちしましょうか？」

さりげなく訊いてきた。猛暑の中、頬を撫《な》でる清風のように優しく心地よい。

便利屋を長年続け、人の心の闇を見尽くし、もう枯渇した井戸と変わらない羽山の心に、『シェリー』で安藤と交わす言葉は最後の水の一滴のように染みてくる。極度に乾き、罅《ひび》割《わ》れた井戸の底は大概のものを一瞬にして染み込まさせ、次々に記憶から抹消していくが、不意に一雫《ひとしずく》の水が大海原のように溢れて羽山を溺れさせ、口から声を漏れさせる。このときがまさにそうだった。

安藤の真後ろに堂々と座っているボトルに視線を投げたあと、

「メーカーズマーク46をハーフでお願いできるかな？」

「かしこまりました」

もう何度も羽山はこのボトルを飲んでいる。だから、安藤も読めていたのだろう、すぐに赤い蠟を被ったボトルを手にした。

メーカーズマークは二百年以上に亘る創業家・サミュエルズ家のウイスキー作りの伝統とやり方を結集させ、一九五九年に誕生したバーボンウイスキーである。スコッチにはスコッチの定義があるが、もちろん、バーボンにもバーボンの様々な決まりがある。アメリカで製造されていなければならないし、原材料のトウモロコシの含有量は五一パーセント以上なければならない。それに加えて、製品として瓶詰めするときには四〇パーセント以上の度数がなければならない。他にも決まりがあったと羽山は記憶しているが、専門的なことだったので忘れてしまったし、メーカーズマークならではの一本一本手作業で施される赤い封蠟さえあればそれでいいと思っていた。それさえあればバニラのような甘さとキャラメルに似た香りは保証される。

46というのは二〇一四年に限定で発売された商品だが、手頃な値段で飲める上に美味い。メーカーズマークの特色がよく出た一本で、羽山は『シェリー』に来るたびに注文しているのだった。46は何を意味しているか見当もつかなかったので安藤に訊いたところ、少しも詰まることなく『特別な焦がしを施したフレンチオークの板を十枚熟成した原酒樽の中に沈めて、数ヶ月後熟《こうじゅく》させるそうです。46というのはその焦がし具合を樽メーカーに伝える番号のようですね』と返ってきた。そういった豆知識を知るとさらに追いかけたくなるのがウイスキーの罪作りなところだな、と思いつつ、羽山は大抵一杯目はメーカーズマーク46を注文しているのだった。

きゅっ、と小さな音がしたあと、目の前のグラスに深みのある琥珀色が注がれる。いくつかのウイスキーがそうであるように、メーカーズマークも古い新聞のような特徴的なラベルが貼られているのが通常だ。しかし、この46はそれがなく、白いインクで描かれた46という数字が真ん中に堂々と鎮座し、他の説明書きは透明な文字となっており、向こうが見えないほどの濃い紅茶色の中身を引き立たせていた。

ウイスキー全般に云えることだが、ボトルやラベルも製品の一つであり、蒸溜所の矜《きょう》持《じ》が覗く部分である。メーカーズマークといえば頭に被せられている赤い蠟が最大の特徴だが、ラベルも面白い。旧ボトルと呼ばれているこのタイプは中身が透けて見えるダイレクトプリントを採用しているのである。説明や味わいなどが書かれたラベルを瓶に貼るのではなく、ボトルそのものに文字をプリントするのだ。そうすることによって、ウイスキーの中身が総て見通せるデザインに仕上がるというわけである。ヘネシー・リシャールなどの高級なブランデー、同じバーボンのブラントン・ゴールドなどに散見される手法であるものの、あまり見たことはない。やはり通常のようにラベルを貼った方が安上がりなのだろう。神は細部に宿る、というのが羽山の持論だが、こういった手の込んだウイスキーはやはり格別の味わいがある。世界中のウイスキーを対象にした、『ワールド・ウイスキー・アワード』という権威ある賞にもデザイン部門があり、やはり中身もさることながらボトルの形やラベルを含めた手の込んだ部分が重要視されているのである。

ところが数年前にモデルチェンジをしてしまった。今、羽山の前でグラスに注がれているメーカーズマーク46のボトルには、しっかりと大きく46という数字と酒の説明が書いてあるのだが、現在売られているものはそういった情報が紙にプリントされ、貼られるようになってしまったのである。いろいろな事情からそうなったのだろうが、中身は変わらないとはいえ、愛飲していたボトルがなくなっていくのは寂しいものである。

香りを嗅いで、いつもと同じ甘さを確認したあと、舌にメーカーズマーク46をのせる。途端に、キャラメル香が口中に広がり、鼻を突き抜けていった。しかし、溶けた飴のような嫌らしい粘つきはない。

「やっぱり美味いね」

「ありがとうございます」

丁寧に礼を云った安藤がまた羽山の心を読んだかのように、メーカーズマーク46のボトルを前に置いた。羽山はそれを手に取り、頭から垂れている蠟を撫でて滑らかさを確かめたあと、

「安藤さんはウイスキーの空き瓶集めに興味あったっけ？」

唐突な問いかけだったが、安藤は適度に伸びた顎鬚を触ったあと、

「ございますよ。当店にも、いくつか並んでおります」

目をテーブル席の方へと向けた。テーブルは二脚あるが、その上の棚には何本かの空き瓶が並んでいる。羽山はそれほど詳しくないが、年末年始用に出ていた貴重なボトルがずらりと陳列されている。ピエロが腕前を披露しているラベルや、雪に埋もれそうになっている小さな教会が描かれたものが、空っぽになっているはずのボトルに過去の栄華を吹き込み、一つのインテリアに仕上げていた。

「やっぱり、集めたくなるものなのかな？」

「当店はご覧の通り、それほど広くありませんので、定期的に泣く泣く空き瓶を処分いたします。しかし、収集家は多いと聞いております」

「空き瓶コレクター、というやつだね？」

「はい。特別なボトルはラベルも凝っていますから」

安藤が再び淡いバックライトが灯っている棚の方を向くと、ウイスキーを一本手に取った。

「イタリアのボトラーズのものです。イタリアはデザインに凝ったものが多いですね」

タンポポをそのまま凝縮したような燦々《さんさん》たる色をしたアゲハ蝶が、羽を広げて、野花に止まっている。アゲハ蝶の色合いは派手派手しいのだが、周囲の草花も同等の濃さで描かれているため、けばけばしい印象は受けない。色彩が氾濫しているのは確かだが、中身のウイスキーの濃厚な色がそれを破綻寸前で堰《せ》き止めている。ぎりぎりのバランスで仕上がっているラベルはやはり一つのアートであり、洒脱な印象のイタリアをイメージさせた。

「なるほどね。確かにいいデザインだね」

手に取って眺めたあと、安藤にボトルを返しながら羽山がそう云うと、

「最近はこういったものが多いですね」

「一昔前とは全然違うなあ。昔は平凡で遊び心のないものばっかりだった気がする」

羽山はそう云いながら、メーカーズマーク46を一舐《な》めしたあと、

「この間、ネットオークションを覗いたけど、空き瓶がすごい価格で取引されてるね」

「仰る通りです。わたくしの記憶ですと、先日、サントリーの響三十年の空き瓶が化粧箱つきで三万円近くで落札されていました」

「へえ。やっぱりコレクターっているもんだねえ」

溜息交じりに羽山が相槌を打つ。三万円もあれば、今、羽山の手の中で琥珀色の海藻のように揺らめいているメーカーズマーク46が十何杯飲めることだろう。いつもの羽山だったらそう考え、そういったコレクターを蔑むところである。しかし、胸の奥に鉤爪《かぎづめ》のように引っ掛かっている先日の出来事が、羽山を無言にさせた。

安藤も妙な気配を悟ったのだろう、特に何も喋らず、沈黙を埋めるようにして、氷をアイスピックで丸く削り始めた。耳を欹《そばだ》てていると、シャッシャッシャ、という澄んだ音が氷と一緒に夏という季節を少しずつ削っている気がする。太陽はまだ高いのだが、空には雲が漂い始めたのか、カウンターに蛇紋《じゃもん》のような影を落とした。

涼しげな音とその雲の影を眺めながら、羽山はもう一口、メーカーズマーク46を口に含んだ。ロックを注文すると『シェリー』では必ず、満月のように綺麗な丸い氷が出てくる。それはこうやって空いている時間に作られていたのだ――そんな風にぼんやりと感心していると、羽山の口から言葉が漏れた。

「安藤さん。変なことを訊くけど、空き瓶をインテリア以外で使うとしたらどうする？」

ふっ、と安藤の手が止まり、出来上がった氷を後ろの冷凍庫に入れると、

「つい先日、ネットオークションをチェックしてましたら、興味深いものを見ました」

「というと？」

「空き瓶ではなく、山崎十二年の空き箱が大量に出品され、落札されていたんです。羽山さんもご存じでしょうが、山崎十二年は豪華な化粧箱ではありません。云い方は悪いですが、ただの箱です」

安藤の云う通りだった。記念ボトルの化粧箱ならば、それだけでも価値がありそうな見事なものもあるが、山崎十二年はウイスキーブームが到来する前はごくごく一般的な酒屋で売られていたものである。しかも、その空き箱となると、もはや、ただの厚紙に過ぎない。文字などは記載されているだろうが、だからといって価値があるわけではない。

羽山が小首を捻《ひね》っていると、

「空き箱と空き瓶を手に入れた悪徳業者が、粗悪なウイスキーをそこに詰め、山崎十二年としてネットオークションに出しているんじゃないか、とミステリ好きのお客様は推理されていましたが、果たしてどうでしょうか。可能性として、そういう例もあるとは思いますが」

「なるほどね。空き瓶と空き箱を数千円で手に入れ、そこに千円もしないウイスキーを入れてネットオークションで売る。クリスティーズやサザビーズみたいなきちんとした老舗《しにせ》

オークションだと無理だけど、ネットオークションなら簡単に騙せそうだ」

「そういうことになります」

目を少しだけ伏せた安藤が心なしか悲しそうな面持ちになった。ウイスキーを愛する人間の一人として、その痛みは羽山にも判った。ブームになるのはいいことだが、それを利用して犯罪を行う輩は許せない。

義憤とまではいかない。けれども、ウイスキーを犯罪に使うのはその文化や歴史に対する冒瀆《ぼうとく》だと羽山は思った。ウイスキーやその愛好家たちが紡いできた数百年もの歴史を、一瞬にして切り刻む悪行だ。それは間違いない。

ではあの奇妙な出来事はなんだったんだろう、と羽山は数日前のことを思い出した。あれは犯罪ではない。犯罪よりも軽微で悪戯に近い。ウイスキーが秘密めいた謎解きに使われたという点では怪しい臭いがするが、そうではないことを体験した羽山はよく知っていた。

——秘密の悪戯？

頭に浮かんだ単語が、空白の闇に逃げ込み、過去に埋葬したはずの不思議な案件を引っ張り出した。事件性もないし、誰かが傷ついたわけでもない。だからやはり犯罪ではないのだが、羽山の脳裏に一種のそれめいた謎の出来事として残っているものがある。

「空き瓶も、まだ中身が残っているボトルも、未開封の瓶も無数に置いてある部屋があるとするよ？　有名だったり、無名だったり、オークションに出るような高価なものだったり、コンビニでも売っているようなものだったり、量は豊富。安藤さんがその部屋のどこかにメッセージを隠すとしたらどこにする？」

「難しいご質問ですね。メッセージというのは紙に書かれたものですか？　それとも木や金属に彫られたものですか？」

「それも判らないんだよ。詳しく話してもいいかな？」

「大歓迎でございます。よろしくお願いいたします」

羽山は安藤の返事を受け、グラスをひょい、と傾けて飲み干したあと、もう一杯、同じものを注文した。

安藤がグラスを新しいものへ交換し、再びメーカーズマーク46を注いだ。羽山はそれを少しだけ咽喉に流し込むと、

「仙台に有名な洋酒コレクターがいるんだ。鬼島《おにしま》さんっていう七十代後半の方だね。その人は今入院してるんだけど、余命が僅かだと悟ったんだろうね、ちょうど一年くらい前に、数年ぶりに息子二人にこんな手紙を出したらしいんだ」

少し溜めを作ってから、

「『あの部屋に俺の遺言を残した。洋酒のコレクションを含めた俺の遺産がほしければ探してみろ』ってね」

「それは気になりますね。その部屋というのは、もしかして先ほど仰っていたボトルだらけの部屋ですか？」

バーテンダーは正確な年齢が判らないことが多々あるが、安藤もその例に漏れず、羽山の目では何十代なのかさえも見当がついていない。実際に、空き瓶コレクターの話を切り出したときの目の輝きは十代の少年のようだったし、話の筋をきちんと追っている慧眼《けいがん》は七十代以上の熟練したものを感じさせた。『シェリー』が昼と夜の顔を持つように、安藤も複数の姿を体に秘めているのかもしれない。

バーテンダーという職業は不思議なものだな、と羽山は思いながら、

「そう。それで弁護士と俺が雇われて、息子さん二人と一緒に鬼島さんのお宅に行ったというわけ」

「羽山さんは何かあったときのためのボディーガードでしょうか？」

「そうだね。そういう意図で仕事を依頼してきたみたい。俺よりも若いやつらがいるんだけど、全員出払っていてね。さすがに社長に任せるわけにはいかないから俺が同行したんだ」

「ウイスキー好きの羽山さんはラッキーでしたね」

「そうなんだよ。開封済み、未開封、ほとんど空き瓶と本当にごちゃごちゃしてたんだけど、物凄い量があってね。十二分に楽しめたよ」

戦前に蒸溜されたマッカラン、堂々とした佇まいの響三十年、骨董品でも通用するニッカの有田焼《ありたやき》ボトル、原酒の混和率によってウイスキーに特級や一級や二級という制度があった時代のI．W．ハーパーの樽の形をしたボトル、そして何より壮観だったのは総て綺麗に揃っていたイチローズモルトのカードシリーズだった。そういった貴重なボトルが鬼島の部屋の壁際にずらりと並べられており、中身の有無を問わず、瓶の群れが夏らしい強い光を浴びて無数の鱗《うろこ》のように輝いていた。

「鬼島さんのパートナーの方は洋酒には興味がないのでしょうか？」

錚々《そうそう》たるラインナップに感嘆の声を漏らしていた安藤が、羨ましいですね、という意味を含ませてそう訊いてきた。

「もう亡くなってしまっているんだよ。それに兄弟もいないから、財産を得る権利は息子の雄一《ゆういち》さんと雄二《ゆうじ》さんの二人だけってことになっているみたい」

羽山はそこまで話したあとで、チェイサーで咽喉を湿らせたあと、本題に入った。

「一年経っても何も進展がなかったから、二人ともメッセージを見つけられなかったんだな、と思っていたんだけど、つい先日、鬼島さんの代理人の弁護士から『雄一さんが相続人となりましたのでご報告いたします』っていう連絡が入ったんだよ。鬼島さんと雄一さんのツーショット写真と一緒にね」

鬼島は苗字と違い、仏のようなすらっとした顔立ちをしていた。彫りが深くなく、口や鼻といったパーツのそれぞれが協調していて、印象に強く残るところはなかった。かといって無個性というわけではなく、好々爺《こうこうや》といった穏やかな人柄が写真一枚からも伝わってきた。

「でも、メッセージの中身も、どうやって雄一さんがメッセージを見つけたかも判らないんだ。だって、あの後も、俺は五回はあの部屋に入っているけどおかしな点なんてなかったし、雄一さんも雄二さんも何かに気づいた様子はなかったからね」

「どちらも、メッセージを見つけた、という大騒ぎはしなかった、ということですね？」

「うん。でも、雄一さんは最初にあの部屋に行ったときから、このボトルをやけに気にしていたんだよね」

羽山はそう云って、もう何十年も連れ添った親友の肩を撫でるようにして、メーカーズマーク46の頭にかかっている赤い蠟を指でなぞった。もちろん、このメーカーズマーク46は鬼島の部屋にあったものではない。しかし、午後四時を過ぎても疲労を知らない夏の太陽が、鬼島が元気だったころの面影を『シェリー』のカウンターに灼熱の白い炎で炙《あぶ》り出し、その姿を蘇らせているようだった。

※

自分の熱さに堪え切れなくなった夏の太陽が、羽山の頭上に糜爛《びらん》したように剝がれ落ちた光を浴びせていた。小学生の夏休みの宿題代行を済ませた帰りだったが、夕暮れにはまだ早く、仙台の路上は熱で干上がっている。陽光もアスファルトも季節に疲れていたが、それ以上に羽山は困憊《こんぱい》していた。緑内障のベテラン便利屋、と社内で誰かが云っているのを耳にしたことがあるが、どうやらそんな不毛な墓標を自分の人生に打ち立ててしまったらしい。踵《かかと》が擦り切れ、埃まみれの革靴は羽山が歩んできたぱっとしない人生そのものだった。

一番町《いちばんちょう》の会社に戻ると、三年前に社長の座に就いたばかりの水下《みずした》が、四角張った真面目そうな顔で羽山を迎えた。水下は前の社長の甥に当たるらしく、それなりの成績で大学を卒業したものの雀荘に入り浸っていた放蕩《ほうとう》息子に困り果てた両親が、親戚、というコネを使って入社させたのである。

そういう筋の通らない背景を知っていたから、羽山は内心軽蔑していた。しかし、便利屋としての腕は確かなものだった。息子へ愛情の手を差し伸べるのは親としては当たり前のことだが、時としてそれは甘いだけの縁《よすが》になってしまい、本人を腐らせる。けれども、やはり結局は人にもよるというのが正しいだろう。水下の場合のように、コネがあったとしても、そこに寄りかかりすぎない人間は自分で生き方を輝かせることができる。

コネで入社したという後ろめたさが本人にもあったのか、年上の羽山たちには丁寧な言葉遣いをしたし、教えを請うときには素直に頭を下げた。入社して一年も経つと社内では人気者になっていて、どんな現場に赴いても結果を残してくるから、評判がよかった。だから、三年前に社長が退き、水下に跡を継がせたいと云ったときにも、羽山を始めとしたベテランたちも反対しなかったのである。

その水下が眼鏡の縁を指先でつまんで掛け具合を確かめながら訊いた。

「羽山さん。暑い中悪いんですが、もう一件、仕事を頼めませんか？」

まだ午後三時になったくらいである。冬ならば暮色が灰色の冷たい布となって街を包み始める時間だが、今は神の手にも似た潔癖な白い光が夕闇の訪れを拒絶していた。

羽山が、いいですよ、と答えると、水下はほっとしたように、

「立ち会いをしてほしいっていう依頼がありましてね」

「立ち会い？　ガスか何か開通するんですか？」

「いえ、遺産相続関係ですね。洋酒だらけの部屋に遺言を隠したから、それを息子二人に探させたい、と。見つけた方に洋酒を含めた遺産を総て相続させるってことになっているそうです。なのでその過程に不正がないか、弁護士と一緒にチェックしてもらいたいとい

う依頼です」

「珍しい依頼ですね。でも面白そうだ。にしても、どうしてうちに声がかかったんです？　そんな審査員みたいなことなら弁護士一人でもできるでしょうに」

当たり前の問いを投げた。すると、水下は、いやあ、と云って微笑したあと、

「依頼人は鬼島さんという方です。洋酒、特にウイスキーのコレクターらしいんですよ。開封されているものもあるとはいえ、未開封も多いそうですから、今だったらウイスキーはそれなりの額になりますよね？」

「今はブームだそうですからね。一本数万や数十万にもなるそうです」

ウイスキーと聞いて羽山の好奇心の虫が蠢動《しゅんどう》したが、わざと興味のなさそうな返事をした。

「それくらい高額になるということは、息子たちも衝動的に何かをしてしまうかもしれないと鬼島さんは考えたんです」

「そうか、暴力沙汰になって、どちらか、もしくは弁護士に被害が出るかもしれないってことですか」

「そうなんですよ。それでうちに依頼が届いたというわけです」

「判りました。今から行きましょう」

羽山はスポーツドリンクで水分を補給したあと、鬼島の家へと向かった。

鬼島家は榴岡《つつじがおか》にあった。榴岡は仙台駅の東に広がる一帯で、かつては『駅裏』という一種の蔑称で呼ばれていた。小さな住宅や公園や寺院で構成されていて、インナーシティーの側面があったのだが、地下鉄の東西線ができて状況は激変し、今や『裏』と呼べないほどの豪華なマンションや洒落た喫茶店が立ち並び、国分町のネオンとは違った健全そうな光が鏤められている。この時季は、街並みに連なる窓に目では追い切れない太陽が隠れていて、いくつかの光に散って煌めいていた。

ただ、そういった近代的な建物が増える一方で、寺院や昔ながらの家屋も多く、綺麗なものを綺麗なまま守り通している。ここらへんでは珍しい急なカーヴを曲がってすぐのところに鬼島家があった。鬼島が手入れしていたのか、それとも業者に頼んでいるのか、広大な庭には、切り揃えられた夏らしい花々が暑さを謳歌するように咲いている。ハワイの写真でよく見るプルメリアの花々が葉を隠してしまうほどに咲き誇っていて、炎天から溢れ落ちる真っ白な光を蹴散らすように白や黄やピンクの花が庭を賑わせていた。

弁護士、雄一、雄二と名刺交換をして思ったことがあった。弁護士は五十過ぎのベテランで、今までの仕事っぷりが少々贅肉のついた腹となって現れていた。ただ、黒縁の何気ない眼鏡が庶民っぽさを演出していて好感が持てた。長男の雄一と次男の雄二は正反対の見た目をしていて、雄一はハーフパンツにTシャツというラフすぎる格好をしていてとても五十四歳には見えない一方で、雄二は暑苦しくスーツを着てネクタイまで律儀に締めている。目も雄一は寝ぼけ眼《まなこ》なのに、雄二はきりっとした光がある。どうしてここまで差がついたのか不思議に思えた。

「お集まり頂きありがとうございます。鬼島敏雄《としお》さまよりご依頼を受けましたので、遺産についてお話しさせて頂きます」

「いや、いいよ。大体のことは知ってるから」

雄二が邪険とも云える声で制して、ネクタイに手をやりながら、

「要はこの部屋のどこかにある親父からのメッセージとやらを見つければいいんだろ？」

随分と見た目とは違う乱暴な云い口だった。

それを宥《なだ》めたのは雄一だった。

「まあまあ。そう焦らずゆっくりやろう。弁護士さん、何かやっちゃいけないこととか親父から聞いてますか？」

「ええ。一つはウイスキーなどの瓶には触れないこと。もう一つは部屋全体を調べるために他人を雇わないこと。以上です」

額にかいた汗をブルーのハンカチで拭いて弁護士が云った。

「簡単なことじゃねえか。他には？」

「ヒントを言付《ことづ》かっております」

「へえ。面白そうですね。教えてもらえますか？」

それまで猫背気味だった雄一が背筋を伸ばして訊いた。

「『二人にはまだ見えないだろう。しかし見ろ』とのことです」

「は？　未熟な俺たちには見えないけど親父には見えるってことか？　ふざけたヒントだな」

雄二は語気を強めて云ったが、逆に雄一は、

「親父もなかなか面白いことをするな。うん」

対照的な反応を見ながら、羽山は自分だったらどこに目をつけるか考えていた。『二人にはまだ見えないだろう』ということだから、未開封なり残っているウイスキーの底にメッセージが隠されているかもしれない。しかし、そんな簡単なはずがない。見ろ、ということは正解はこの部屋のどこかにあるのだろう。何かしらの仕掛けがあると思った方がいい。雑然とも云えるほど並んだ酒瓶を片っ端からチェックするのも相当な労力だが、雄一と雄二は最初からそうする覚悟でいるようだった。

「じゃあ探してみるかな」

雄一が云い、早速部屋の中央へと足を踏み入れようとしたが、

「その前に弁護士さんにちょっと質問があるんだけど、いいですかね？」

「わたしにお答えできる範囲であれば」

「俺も雄二も不義理にもここに来たのは数年ぶりで……その数年の間にこの部屋を大きく

改築したってことはありますか？」

「わたしは聞いておりません。ボトルを並べる専用の棚はいくつも買い足していらっしゃったようですが」

「なるほど。一つ一つのボトルが見えるように一列しか並べられないような棚ですね」

「親父も効率の悪いことを。普通のバーみたいに三列くらい並べられる奥行きのある棚にすりゃいいのに」

雄二は悪し様に云い、別の質問を弁護士に浴びせた。

それから弁護士は二人から質問攻めにあった。雄一も雄二も話の端々からウイスキー好きらしさが伝わってくる。けれども、雄一は謎そのものに興味を示していたのに対して、雄二はウイスキーを金に置き換えた発言がほとんどだった。この部屋の未開封のウイスキーを転売する気だ、と羽山にも判るほど露骨で、何度も弁護士に質問して、他のヒントがぽろっと零れないか期待しているようだった。

弁護士も疲れてきたようで、三十分前とは印象がだいぶ変わった。しょぼついた目と痩《こ》けた頬が目立ち出し、曲がった背が厄介ごとに巻き込まれた疲れを判りやすく羽山に伝えている。

特に暴力沙汰になることもなさそうだったので、自分の出る幕ではないな、と思いながら羽山は室内に視線を投げた。

壮麗たる眺めである。部屋の入口を除いた三方向の壁には、天井まで届く専用の棚が屹《きつ》立《りつ》しながら、ウイスキーやラムといった洋酒のボトルを宝物のように抱え込んでいた。専門誌やコレクターのホームページでしか見たことのない希少なボトルや、ラベルだけでなくボトル自体が美術品のように変わったものまである。それらが白い壁紙を背景にして、背板のない棚にずらりと一列に整列していた。バーのように二列や三列にして並べていないのは、ボトル一つ一つがきちんと見えるようにという心遣いだろうし、背板のないタイプの棚を選んだのは色合いや木目でデザインを邪魔しないためだろう。さらにどのボトルも壁にぴったりと寄せてある上に、前面には針金に似た紐が張ってあり、ちょっとした揺れでは落ちないようになっている。

眩暈《めまい》がした、というのは大げさかもしれないが、ウイスキーの博物館を目の当《ま》たりにしているような気分になった。所持していた人間はもう病院から帰ってくることはないかもしれない。しかし、ウイスキーたちは今もまだこうして存在している。戦前のボトルなどを見ると、時が無限に繋がり、ある種の芸術を羽山に見せてくれているような気がした。

確かに曇りのないボトルの数々は一つの美だった。しかし、同時に遺産を摑み取るためのゲームの一ピースでもあることを考えると、調律のずれたピアノのようになってしまっている。真昼の炎天の下で庭の緑も焼け爛《ただ》れたように見えるのだが、それ以上に主のいない部屋の光景の方が退廃して見えた。

少しでも動くと汗が滲み出てくる中、雄二はデジカメを手にして部屋中を写真に収めている。どこかにある答えを絶対に見逃さない、という意気込みが窺えた。対照的に雄一は何も持たず、博物館を訪れたかのようにボトルたちをゆっくりと眺めている。

——兄弟とは思えないほど態度が違うな。

長男が何の下心もなく父親のコレクションを眺めているのだとしたら、次男は目の前のボトルを想像の中で換金して、それを手に入れるために隅々まで目を光らせているように感じられた。

ただ、一時間半ほど二人の様子を見ていて気づいたことがある。それは雄一が東の壁にあるメーカーズマーク46を何度も見ていることだ。開封されているし、蒸発を防ぐためのパラフィルムも巻かれてないから、恐らく鬼島が入院前に普段から飲んでいたのだろうと羽山は思った。

パラフィルムは元々は、化学実験で試験管やフラスコなどを密封するために作られた薄いゴムのようなものである。最近では開封・未開封問わず、ウイスキーを保管するときに使われる。効果はまちまちで、意味がないという人もいれば減り方が少なくなったという人もいる。羽山は『シェリー』がそうしているから真似をしているに過ぎないのだが、確かに自然に蒸発してしまうのを防いでくれている気がした。それに、パラフィルムを枕のようにして蒸発の恐怖を忘れ、しばらく彼らは仮眠を取っているのだと想像すると何となく可笑しい気持ちになる。

雄一が三度目のメーカーズマーク46の検分をしているときだった。雄二が小馬鹿にしたような口調で、

「兄貴は何でそんなにメーカーズマーク46にご執心なんだ？　そのボトルは確かに旧ボトルだけど、それほど珍しいものじゃないだろ。当時も高くなかったし、今このボトルを手に入れようとしても一万円も出せば何とかなる。しかも、四分の三くらいは中身が残っているけど、開封済みだからもっと価値は低い。そんなもんに親父がメッセージを残したとは思えないね」

それまで波風一つ立たなかった羽山の心が嵐に見舞われたように大きく乱れた。好きな酒を悪く云われているのだから当たり前の反応だ。

羽山は雄一に烈しい反論を期待したが、

「お前の云うように珍しいものじゃないし、金銭的な価値は低いだろうね。でも、メッセージを隠すときにボトルや中身に傷をつけるのだとしたら、これくらいの価格帯のものに何かを仕込んでいてもおかしくないんじゃないかな、ってね」

穏やかな口調で反駁《はんばく》とも感想とも云えない、中途半端な返事をした。しかし、雄二の口は止まることなく動き、

「ボトルや中身に傷をつける？　あの親父がか？　ボトルどころか箱さえも気に入ったも

のは綺麗にして保管してるし、何より味にうるさかった親父が中身を駄目にするようなことをするとは思えないね。たとえ安物のメーカーズマーク46でも」

「まあね。俺も親父がこのボトルにメッセージを込めるために傷つけたり、細工をしたりしたとは思ってないよ。ただ、ちょっとだけ気になったってだけさ」

「兄貴が開封済みのボトルに注目してるっていうんなら、駒ヶ岳《こまがたけ》のネイチャー・オブ・信州シリーズの竜胆《りんどう》、ウイスキーエクスチェンジの五十周年記念のリンクウッド十年、ボウモア十八年、ブッシュミルズ十年なんてのもあったぜ」

「動きが疾《はや》いな。それとも、開封されたものには興味がないからさっさと除外したってところかな？」

「それは兄貴が判断してくれ。俺が先に見つけてここにあるボトルを手に入れたとしても、開封済みでもいいって云うんならそいつらは分けてやるよ」

「そりゃありがたいね。開封済みのボトルだけでも飲みごたえがありそうだ」

「そうかいそうかい。相変わらず兄貴はのんびりしてるな。俺としては時間を無駄にしてくれてて助かるけど」

嫌味を残して、雄二は再び部屋の奥に行き、写真を撮り始めた。雄二の言動が気に入らなかった羽山としては雄一に頑張ってほしい、と強く思ったが、当の本人は写真を撮らないどころか、メモも取らずにゆっくりと鬼島のコレクションを見ているだけだった。

羽山も好きなボトルだから気にはなっている。けれども、他の記念ボトルなどに比べると見劣り感は否めない。メーカーズマーク46自体がいくら美味くても、目では捉え切れない栄耀《えいよう》を孕《はら》んでいる他のボトルには敗けている気がしてしまう。悔しいが、金銭や希少価値という点で云うとメーカーズマーク46は立場が弱いのである。

そんなことを思っているうちに、時間が来た。

「今日はここまでといたします。続きは来月となります。その間に勝手にこの家には入らないようにしてください。わたしも依頼人からお預かりした鍵で施錠しますが、念のために注意させて頂きます」

弁護士は洋酒に興味がなかったようで、退屈な時間を過ごしたせいで先刻よりもさらに老け込んで見え、声も嗄《か》れている。

「月一でここに来るのは面倒だな。全部のボトルの写真は撮ったし、親父が隠したメッセージに気づいたら連絡するっていうんじゃ駄目か？」

「依頼人からは、決められた日にお二人をここに集めるように、と云われておりますので」

「面倒だな。自由業っていう肩書きで時間を持て余している兄貴はそれでもいいかもしれないけどさ。俺は会社があるんだよ」

「それなら、とっとと親父のメッセージを見つけるしかないだろうな。頑張るしかない」

雄一はそう云い、酒だらけの部屋に背を向け、玄関へと歩き出した。その日はそれで終わりになり、弁護士から数時間の付き添い代としては多すぎる十五万円をもらい、帰社することになった。

羽山を含めて社員は十七人いるが、職場に戻るとオフィスはがらんとしていて、エアコンが止まっているせいで物音一つしない。社長が水下になってから、無駄な残業はしない方針にしたので、今日もほとんどの社員は早めに帰宅したのだろう。一人残業をしていた後輩がいたが、羽山の姿を見ると、ホワイトボードに、帰宅、と書いて、そそくさと帰って行った。戸締りや最後の社長への挨拶はどうせ羽山がやってくれるだろう、という三十代の若い図々しさが階段を下りていく足音に覗いた。

後輩がいなくなると、オフィスはしん、と沈黙に固まった。熱気に開け放たれた夕暮れに、誰もいないオフィスの静寂が容赦なく叩きつけられている。一つ壁を隔てた社長室から明かりが漏れていたので、今日の報告と報酬を渡すためにそちらに足を向けた。

ノックをしようとすると、ドアが開いて、

「お疲れ様でした。今日は暑かったんじゃないですか？」

そう云って社長室に招き入れた。一番のベテランのせいか、それとも自分よりも羽山の方が部下たちを束ねる才気があると嗅ぎ取っているせいか、水下は丁寧に接してくれる。羽山は水下の招きを受け入れ、社長室に入った。

社長室といっても大したものではない。机も椅子もパソコンも上等なものではなく、むしろ、質素と云った方が正しい。社長室は前の社長が一代で築き上げた『仙台でも屈指の便利屋』という看板に遠慮するように謙虚さを保っている水下の性格をそのまま表していて、簡素なものである。

羽山がソファーに腰掛けると、水下は部屋の隅の冷蔵庫から掌にちょこんと載る小さな缶ビールを二本取り出し、仕事も終わったので一息吐《つ》きませんか、とテーブルの上に置いた。

社内には二人しかいないという安堵感と、舌が明瞭に憶えている真夏のビールの一口目の美味しさが、羽山の手を缶へと伸ばした。羽山は水下と軽く乾杯をしたあと、先刻の仕事内容を話し、報酬を渡して、三十分ほど世間話をした。本当なら五分ほどで切り上げて本題に移る予定だったが、心地よい空調とそれと同じ水下の口調に、つい無駄な言葉を重ねてしまった。

ブラインドの隙間から黒と朱を混ぜた夕焼けが滲み出てきて、波紋のような夜の影を引き摺って流れ落ちている。その色に時間の経過を見て取った羽山は、

「ところで社長。先刻の仕事ですがね」

「何かありましたか？」

目尻に寄っていた人懐っこい笑みを消して、社長らしい顔つきになった。

「遺産相続というよりは、鬼島さんが仕掛けたゲームのようだな、と思ってしまいまして。雄一さん、雄二さんも想像していたよりも温順《おとな》しそうでしたし。あの兄弟は仲は悪くないんですよね？」

便利屋は依頼人のプライヴェートを詮索しないというのが基本だが、水下はその常識を覆し、少しでも疑わしいところがあれば、知り合いの調査会社に頼んでから羽山たちを派遣するようにしている。一昔前と比べ、便利屋に犯罪を頼む事例が目立つようになってきたかららしい。それならば、緊急を要しないときはきちんと下調べしてからの方がいいと水下は判断したのだった。当時はそのコストに対して文句を云う社員が何人かいたが、昨今のトラブルの多さを考えると、水下の方針は正しかったと云える。

「あの二人の仲はごくごく一般的だと聞いてますね。お兄さんは定職につかずにふらふらしていますが問題を起こすタイプではないそうですし、弟さんは順調にキャリアを積んで勤務態度も問題ないそうです」

「そうですか。そういう下調べをしてくれた上で仕事を振ってくれたんですね。毎回、社長のそういう丁寧なところには頭が下がります」

「持ち上げても何も出ませんよ。小さな缶ビールくらいしか」

冷蔵庫を開け、もう一本缶ビールを取り出して羽山の前に置いた。

羽山はありがとうございます、と礼を云ってから、ぷしゅっと蓋を開けてビールを咽喉に流し込んだ。二本目のビールは一本目に比べると苦さが強く感じられるが、それでも渇いた咽喉が欲している。

「社長のお気遣いのお陰もあって無事に帰ってくることができました」

羽山は軽く頭を下げたあと、ところで、と前置きし、

「鬼島さんは相当の洋酒好きなんですか？」

「仙台では結構有名な方のようですね。ブランデーやラムも飲むそうですが、基本的にはウイスキー派のようです」

「ははあ。いえ、ご自宅にすごい量のウイスキーがあったので」

「でしょうね。そうでなければメッセージを隠すなんてことできないでしょうから」

「メッセージ……そんなものがあったようには見えませんでしたけどね」

本心からそう云った。自分は立会人だ、と云い聞かせていたものの、どうしても視線は部屋中のボトルに向けられてしまう。あれだけ膨大な量のウイスキーを手に入れられるのであれば、雄二のように欲望を剝き出しにしてメッセージを探そうとするのも判る。しかし、雄一も雄二も解けなかったように、羽山にもさっぱり判らなかった。お気に入りのメーカーズマーク46があったのは嬉しかったが、飲み残しらしかったのが残念だった。そのせいで雄二には侮辱を受けたのだ。何とか雄一には雄二の鼻を明かしてほしい。

ビールを飲み干し、帰路についた羽山の頭の隅には、四分の三ほど残されたメーカーズ

マーク46の残像が焼きついていた。また来月も同じ仕事があるかもしれないが、別の人間が担当するかもしれないし、そもそも依頼がないこともありえる。何より、羽山にはこれ以上調べることはできない。ただ、あのメーカーズマーク46が気になっていた。中途半端に飲み残されてゲームのピースにされてしまったメーカーズマーク46は、自分のように思えてならない。パラフィルムも巻かれていなかったから、メーカーズマーク46は他のボトルよりも早く減っていくだろう。それは羽山の視界が緑内障に侵食されていくことと似ていた。

※

ゆっくりと話したせいか、羽山が喋り終えたときには夏の夕暮れが西陽をビルの谷底へと引き摺り落とそうとしていた。一日の役目を終えようとしている太陽が日没を感じさせる鈍い輝きを放ち、定禅寺通の建物に無数の光の筋を与え、温風《あつかぜ》がその明かりを塵《ちり》に砕いて枯れた落ち葉とともに舞わせた。

「本当に宝探しのようですね」

安藤はちょっと興奮したように云った。

「そうだね。でも、先刻も云ったけど、結局答えは何で、どうやって雄一さんが正解できたか判らないんだよ」

「それは釈然としませんね。問い合わせはなさったのですか？」

「鬼島さんの弁護士さんには連絡したけど、秘密厳守ですので、の一点張りで教えてくれないんだよ。雄二さんにはさすがに答えを教えたと思うんだけど」

「そうですか。羽山さんとしてはすっきりしませんよね」

安藤は相槌を打ちながら、グラスに入った氷を柄の長いバー・スプーンでかき混ぜている。羽山が最後にメーカーズマーク46のハイボールを頼んだので、その準備をしているのだった。グラスに氷をたっぷりと入れて、バー・スプーンでそれを回し、温度を下げる。そして、安藤は水気を丁寧に流し落としてから、ゆっくりとメーカーズマーク46を注いだ。ここまでは羽山にも真似できる。しかし、そのあとの炭酸水を注ぐところがハイボールの作り方で一番重要な部分である。

安藤は慎重すぎるとも云える手つきで炭酸水をグラスの縁に沿わせるように注ぎ始めた。そうすることで炭酸が抜けて腑抜けになるのを防いでいるのである。それをきっちりと行うと、仕上げにバー・スプーンで浮いた氷を一度沈めた。手を抜いている居酒屋は無駄にかき混ぜるが、そうしてしまうと、炭酸が抜けてしまい、ハイボールの最大の楽しみであるしゅわしゅわとした感覚が損なわれる。

簡単なようでいて難しいことを安藤は喋りながらでも、きっちりと仕上げる。客に威圧感を与えるようなパフォーマンスは一切ないが、それは一流のバーテンダーの証であった。

お待たせしました、と前に置かれたメーカーズマーク46のハイボールは炭酸が生き物のように音を立てて羽山に飲まれるのを待っていた。羽山が口をつけると、メーカーズマーク46らしいほんのりとした甘さと一緒に炭酸の爽快感が舌を刺激する。ストレートで飲むとチョコレート系の甘さが際立つのだが、ハイボールにすると焦がした樽の香ばしさが出てくる。飲み方によって雰囲気ががらっと変わりつつもクオリティの高いものになっているのは、メーカーズマークがバーボンの中でも由緒ある蒸溜所である証拠だ。

「美味いね。やっぱり自分で作るのとは違うなあ」

「ありがとうございます」

安藤は安心したように微笑した。ベテランの域に達しているはずなのに、いつまでも初心を忘れないところに羽山はさらに好感を持った。

羽山はもう一口ハイボールを飲んだあと、

「あのメーカーズマーク46がキーになっている気がするんだけどなあ。雄一さんも気にしてたし」

独り言のように呟くと、安藤が徐《おもむろ》にこう云った。

「差し出がましいようですが、お手伝いいたしましょうか？」

「ん？　安藤さんは鬼島さんの仕掛けに気づいたの？」

「はい。羽山さんがとてもご丁寧にお話ししてくださったので、よく判りました」

「それなら是非ともお願いしたいな」

「承知いたしました。実は既にわたしの方で用意しておりました」

云い、安藤はメーカーズマーク46を羽山の前に置いた。あの部屋で見たのと同じ、ダイレクトプリントの旧ボトルである。夕陽を吸い込んだメーカーズマーク46はいつもよりも色が深まって見え、真夏だというのに晩秋の枯れ葉が舞っているようだった。

「一つ確認したいことがございます。開封され、中身が飲まれていたのはメーカーズマーク46の他には、駒ヶ岳のネイチャー・オブ・信州シリーズの竜胆、ウイスキーエクスチェンジの五十周年記念のリンクウッド十年、ボウモア十八年、ブッシュミルズ十年だけだったんですね？」

「うん。俺も気になったから、その点は訊いてみた。そうしたら写真を撮っていた雄二さんが、間違いない、と答えてくれたよ。あの人は最初っから未開封のものをチェックしていたからね」

「だとすると、わたしが用意した答えで問題ないかと存じます。謎は解けないからこそ魅力的だ、という方もいらっしゃいますが、わたしは解ける人がいるからこそ謎は成り立つのだと思っております。絶対に解けない謎、というのはただの作り手の妄想に過ぎませんから」

安藤が一気に云った瞬間、西の空の一部が破れ、火矢で射抜かれたような光が『シェリー』に流れた。そして、その光が安藤の横顔を照らす。赤く痛々しい陽射が一日の終わりに小さな残り火を燃え上がらせて、安藤に喋らせているようだった。

云う通りだと思った。どんなに魅惑的な謎であっても答えがないのであれば、未完成なものでしかない。羽山がメーカーズマーク46について感じていたもどかしさは、正答に到達していない上に判らない部分が多すぎて、不十分な状態に起因しているのだろう。

「わたしの考えでは、メーカーズマーク46でなければならない理由がございました。しかし、厳密に云えば、メーカーズマーク46が置かれていたところには別のボトルがあってもよかったのだと思います」

「どういうこと？」

「メーカーズマーク46ではなくて、ヘネシー・リシャールでもブラントン・ゴールドでもよかったと存じます。ここまで云えば羽山さんならば、共通点にお気づきになると思います」

羽山の脳裏に火花が散った。答えは一つしかない。

「――ダ、イ、レ、ク、ト、プ、リ、ン、ト……？」

羽山は目の前に置かれているメーカーズマーク46をまじまじと見た。46という文字が堂々と真ん中に置かれている。だが、ダイレクトプリントのため、中身の色を邪魔しない程度のものである。ヘネシー・リシャールもブラントン・ゴールドもネットで見たことしかないが、同じようにラベルが中身の色合いを壊さないダイレクトプリントだったはずだ。

「ダイレクトプリントならよかったんだね。でも、メーカーズマーク46がちょうどあったからそれにしたんだ」

「仰る通りでございます。そうすると見えてくるものがあるかと存じます。ダイレクトプリントと隠されたメッセージと『二人にはまだ見えないだろう。しかし見ろ』という鬼島さんの言葉。この三つを混ぜてみてください」

「混ぜる、か」

羽山は三つの要素をパズルのピースのように捉え、一つの真相という絵を描こうとした。しかし、どうも巧く嵌《は》まってくれない。カクテルで云えば、三つの液体がどんなにシェイクしても一体にならず、出来損ないになっているような感覚だ。

気分を変えるために羽山はハイボールを一口飲んだ。二人の会話が途切れたのを見計らって、安藤がチェイサーの水を注いでくれた。ハイボールを胃に流し込んだあと、水で一呼吸を置く。そしてバックライトを背に浴びながら堂々と立っているボトルたちを見て、羽山は考え込んだ。

だが、どうも納得のいく答えに辿《たど》り着かない。

「降参だよ。どういうことか、教えてくれるとありがたいな」

「ダイレクトプリントの特徴の一つは、中身が減っていくと向こうが透けて見える点でございます」

「あっ、そうか。開封していてパラフィルムも巻いていないメーカーズマーク46は、約一年の間に量が自然に減ってきている。ってことは、ボトルの向こう側の壁が見えるようになったんだ。鬼島さんが『ウイスキーなどの瓶には触れないこと』って警告していたのは、メーカーズマーク46があの位置からずれちゃうとメッセージが見えちゃう可能性があるからか。全部のボトルが壁にぴったりとくっつけて並べられていたのにも理由があったんだ」

雪崩のように零れてきた羽山の声を安藤はやんわりとした微笑で受け止め、

「ご明察でございます。そして、鬼島さんが『まだ見えない』と仰っていたのはこのことでしょう。ボトルを動かすことができない以上、メーカーズマーク46の裏にあったメッセージを読むには時間が必要ですから」

「でも、中身が減る前に、雄二さんが何かの拍子に見つけちゃうってこともありえたんじゃないかな？」

「恐らく鬼島さんはメッセージを黒ではなく洋酒に近い色、たとえば茶色や琥珀色で書いていたのではないでしょうか。そうすれば中身のあるうちは、文字はお酒の色に溶け込んでしまって目を凝らしてもなかなか見えないですから」

「そうか。鬼島さんもかなり考えたんだね」

「はい。また、雄一さんが早々にメーカーズマーク46に着眼したのは、鬼島さんが設定した決まりとヒントに閃《ひらめ》くものがあったからでしょう」

「鋭い人だ」

初めて羽山は冴えない風采をしていた雄一のことを見直した。

「はい。希少性や価格に惑わされなかった雄一さんだからこそ、一年間もメーカーズマーク46を観察し続けることができたんでしょう」

「でも、酒って一年くらいでそんなに減るかな?」

「わたしの例で恐縮ですが、父親がヘネシーXOという高価なコニャックを贈呈され、大事そうに飲んでおりました。それこそ、一年に数回だけ、嬉しいことやおめでたいことがあったときだけです。しかし、保管状態がよくなかったせいであっという間に揮発してしまい、二年くらいで空っぽになってしまいました。まだあるはずなのに、と瓶を逆さにしたときの父親の悲しい表情を思い出しました」

「そんなにボトルから水分が抜けちゃうんだ。ってことは今回の件も充分にあり得る話なんだね」

しかし、見え始めた壁には果たして何と書いてあったのだろうか。総ての答えが目の前にあるのに、見えない壁にぶつかって手に取ることができないような苛立たしさがあった。

それを見越したように安藤が抜群のタイミングで、

「雄一さんは予め、そこにメッセージがあることを察知していたのかもしれません。そして、その内容も。だからすぐにメッセージ通りに行動することができたのだと存じます」

「でも、雄一さんは特段、目立った行為をしていないよね？」

「いえ、しっかりとしております。鬼島さんに会いに行く、ということを。数年ぶりだったと仰っていましたから、鬼島さんもお喜びだったのではないでしょうか。そのために月一でお二人を自宅に呼び寄せてメッセージ探しをさせたのですから」

「そういうことか。もう何年も二人は会っていないって云っていたから、壁にはきっと、『たまには会いに来い』だとか『会いにくればほしいものをやる』とか書いてあったのかもね。それが一年以上経ってやっと読めるくらいになったんだ。でも、雄一さんには読めても、メーカーズマーク46は資産価値が低いと見切ってしまっていた雄二さんは目にしようともしない。巧いことを考えたね」

手許のハイボールに口をつけると、祝砲をあげるように、しゅわっと音を立てた。手の中の小さな祝砲は、鬼島と雄一の間に広がっていた冷たい時間の距離を壊し、新しい親子の道が炭酸が弾けたように爽やかに広がった気がした。

窓から染みてきた夜の闇が、そっくりそのまま話のエンドロールになった。左手の窓はすっかり黒い鏡となっていて、『シェリー』の室内を満たしている橙色のライトを光の海のように流している。

「ご馳走様。いい話が聞けて満足したよ」

メーカーズマーク46のキャラメルのような甘さが、安藤が暴いた甘い解決を祝うように舌の上に転がっている。その甘美さに浸りながら羽山は財布をポケットから出した。

「どうもありがとうございます。退屈な話となっていなかったようでほっとしております」

親しみやすい笑いを作りながら云い、金額の書かれた紙をさっと出した。羽山も大体の金額は慣れで憶えているので、すぐに財布から数枚の千円札を取り出した。

安藤はお釣りを持ってきて渡すと、ドアの前にいる羽山の背中に、

「本日もありがとうございました。薄暗くなっておりますから、どうぞお気をつけて。またのお越しをお待ちしております」

穏やかな声で見送られると、必死に頭を動かしていた数分前の疲労がどこかに溶けていった気がする。安藤の声にはそういう魔法がかかっている。

階段を下りて小路に出ると、夏の夜が生温い空気とともにぬっぺりと広がっていた。夏とはいえ、七時を過ぎればもう薄暗く、喪服に似た黒い夜へと近づいている。仙台市が纏い始めた夜の衣は、瞬《また》き出したネオンや街燈の光を巧みに織り込みながら、街をまったく別の顔に仕上げていた。

鬼島親子が変わることができた。それなら、自分も緑内障に怯《おび》えて人生を無駄にするのは馬鹿らしいな、と羽山は思った。不可視なものを見ようとした雄一の態度と、緑内障で視野が奪われていくことを諦めていた自分を比べ、情けなく思えてきた。きちんと定期的に眼科に通い、点眼も行おうと羽山は改心し始めていた。愛しのウイスキーは見えにくくなっていくかもしれない。しかし、嗅覚などの残された感覚で味わうことはできる。

羽山は白髪交じりの頭を掻き上げ、ちゃんと眼科に通いながら便利屋を楽しんで続けてみるか、と思い始めていた。今回の件で鬼島が意図せずに羽山の抱いていた諦念を砕いてくれたし、それが正しい気がした。

答えを求めるように淡い夜へと開き始めた空を見上げたが、月も星もまだ朧で、自分で正答を見つけなさい、とでも云うようにはっきりとした形にはなってくれなかった。けれども、ネオンや車のライトを束ね、光と闇を揺れ動く投網《とあみ》のように打っている空の底は、微笑みながら羽山に新たな人生の第一歩を踏み出させようとしていた。

何故、
その男は自分は
宮城峡だと言ったのか？

マスターの独り言

グラスを冷凍庫で冷やしておきます。

飾り用の大粒葡萄は、グラスの縁に掛けられるように半分のところまで切り込みを入れておきます。

果汁用の葡萄（皮ごと）とクランベリー・ジュースをブレンダーで攪拌し、濾し網とスプーンを使ってしっかり葡萄果汁を搾ります。

飾り用の大粒葡萄とシロップ以外の全ての材料をシェイカーに入れた後、一度味見をして甘みが足りないときは、シロップを少しずつ足して味のバランスをとります。

シェイカーに氷を入れてシェイクしたら、冷やしておいたグラスに氷ごと移し入れ、飾り用の大粒葡萄をグラスの縁に飾って出来上がり。

葡萄のケープ・コッダー

材料

ウォッカ50ml
レモン果汁15ml
クランベリー・ジュース50ml
葡萄（果汁用）80g
大粒葡萄（飾り用）1粒
シロップ5～10ml
（必要に応じて）

一言POINT

果汁用の葡萄には、大粒の葡萄と中くらいの葡萄をバランスよく混ぜ合わせて渋みを際立たせます。

「お待たせしました。巨峰のケープ・コッダーになります」

宮本《みやもと》の前にすっと安藤の手が伸びてきて、ピンク色というよりは真紅に近い色をしたグラスを置いた。目の前に置かれた瞬間に、葡萄の甘い匂いが鼻腔を擽り、嗅覚が宮本に秋の真ん中にいることを伝えてきた。夏に囚われたままになっている眩しい陽射が窓から切り込んできているものの、宮本の革靴に撥ね返されたそれは翳りを帯びて疲れ果てた素顔を晒している。仙台の十月下旬はもう完全に秋である。

それに加えて、『シェリー』はエアコンが程よく効いていて涼しかったし、眼前に置かれている巨峰のケープ・コッダーは甘さとともにひんやりとした涼風を送ってくる。縁に引っかかっている大粒の葡萄にも秋らしさがあって、目に涼しいカクテルだった。

「こちらは皮入れにお使いください」

安藤は白い小皿をグラスの隣に置いた。カクテルを飲んだあとに食べるのならばグラスの中に入れればいいが、飲む前に口をつける人もいるだろう。そういう人のために小皿を用意してくれたのだった。そういった細かな気遣いが、宮本に何度も『シェリー』に足を運ばせる動機の一つになっていた。

宮本は安藤に軽くお辞儀をしたあと、グラスへ手を伸ばし、一口、含んだ。

葡萄の甘みと瑞々しさが口の中いっぱいに広がり、何とも云えない多幸感で満たされる。ウォッカが入っているのでそれらしいアルコールの風味はするが、それは目の前で作っているところを見ているからこそ判るのであって、もしも、見ていなかったら、酒を人並み程度に飲んでいる宮本でさえも、美味しい葡萄ジュースと勘違いするだろう。ケープ・コッダーというのは本来、ウォッカとクランベリー・ジュースを同量に配したシンプルなカクテルなのだが、巨峰がふんだんに使われているせいで、厚みのある旨味になっている。そのため、少しずつ氷が溶けるにつれて薄味になっていくのが普通だろうが、薄まっても葡萄の甘味は生き続けている。甘味、といっても粘つくような甘さではなく、代わりに爽快さがあるため、不快感は口の中にまったく残らない。

宮本自身は、五十五の大人らしく、ゆっくりとカクテルを飲もうと思っていたのだが、舌と手が巨峰を求め続けた。カクテルそのものの美味さのせいもあったが、窓から射し込む目映《まばゆ》い日光に急かされて、宮本はグラスから一度も手を離すことなく、巨峰のケープ・コッダーを飲み干してしまった。

最後に葡萄を口に運んで皮を小皿に入れて一息吐いていると、安藤がさっとグラスと小皿を片付けてくれた。このあたりの間合いも絶妙である。

舌も気分も爽やかだったが、宮本の心には二週間前に起きた悲しい出来事が暗い澱のように沈んでいて、晴れやかではなかった。『シェリー』に来ると、いつもカクテルを飲んだあとは、一杯目は必ずあるウイスキーを注文しているのだが、今日はそういう気分は起こらなかった。

その異変を安藤の鋭敏な感覚が拾ったらしい。

「ケープ・コッダー、少々、甘すぎましたか？　今日入荷した巨峰はいつもよりも甘味の強いものでしたので、こちらで調整したのですが、お口に合いませんでしたか？」

「いや、そういうわけじゃないんだ。いつも通り、美味しかったよ。気を遣わせて悪かったね」

本当に誤解させてしまったのか、それとも妙に空いてしまった間を埋めるために安藤がわざとそういう問いを投げたのか――。安藤くらいのバーテンダーともなると、客の状態を察知し、適切な言動を選択することができる。ケープ・コッダーは文句なく美味かったが、宮本は自分の胸の中に澱《よど》んでいる気持ちを誰かに聞いてほしいと思っていた。あの出来事は一人の胸の中に仕舞っておくには、重すぎる事実だったからである。

何も喋らずにバーならではの静寂に身を浸していたい客と、今日の宮本のように誰にも云えないことを話したがっているそれがいると思うが、安藤は瞬時に両者を見極めることができる。今日の宮本は後者だと判断したのだろう。そして、それは正しかった。

宮本は、敵《かな》わないな、と思いながら、結局、必ず頼むウイスキーの名前を口にしていた。

「いつも通り、宮城峡《みやぎきよう》をお願いしようかな」

「――かしこまりました」

安藤は宮城峡を注文したときの宮本の異変に気づいているだろう。不審に思ったかもしれない。しかし、すぐにそれを微笑で覆い隠すと、宮本の目が違和を拾い上げる前に、宮城峡のボトルを手に取っていた。バーテンダーならば当たり前の行為だが、それを宮本の感覚におかしな痕跡を残さずにできるのは、安藤が一流だからだろう。それもまた宮本が『シェリー』に足を運ぶ理由の一つだった。

安藤が何歳なのか、宮本はまったく知らない。ウイスキーの説明をするときの熱っぽさには若さがあるが、一方で、国分町のネオンが肌に染みついているから五十近くに見えることもある。もしかしたら、安藤自身でさえも自分の年齢を忘れていて、ちょうど今のように、二十代と五十代の間の、どこかで生きている稀有《けう》な人間かもしれなかった。

老いしか感じなくなってきている自分とはまったく違うな、と宮本は心の中で苦笑した。

『老いなんてのはそう感じた瞬間に始まるんだよ』という、先日亡くなった小野《おの》という老人の言葉を思い出していた。九十歳で死ぬまで、好きなものを飲食し、本を読み、音楽を聴いて、充実した人生だったのではないか、と宮本は思っている。そういう点では、小野は人生を満喫したと云えるだろう。

ただ、一つ、大きな謎を宮本に残した。

「お待たせしました。宮城峡、ノンヴィンテージになります」

落ち葉のような色合いと高原の爽やかな匂いとともに宮城峡が宮本の前に登場した。

安藤に軽く礼をしてから、宮本が口に含むと、山奥に群生しているフルーツのような綺麗な香りが鼻腔を突き抜けた。アケビの季節の風が口から鼻へと駆け抜けたようにも感じる。他の銘柄に比べると軽い、という意見もあるが、これはこれで軽やかな草原の涼風のようで心地よいと宮本は思った。それに、時間が経つと、甘さが出てくるし、さらにはフルーティーさも混ざってきて、深みがある。やはりいいウイスキーだと宮本は思った。ウイスキーの芯に職人たちの意気込みがあるようで、複雑なコクの中に彼らの顔が浮かんでくるようである。

ウイスキーブームのせいで世界でも日本でも蒸溜所の建設ラッシュだ。もうリリースされているものもあって宮本も飲んではいる。けれども、目先の利益だけを求めているところも少なくなく、これを作りたい、とか、これを飲んでほしい、といった、モノ作りに一番大事なスピリッツを忘れているところが多い気がする。それはできて数年しか経っていないのに、やけに高騰している蒸溜所のウイスキーの数々を見れば判るだろう。ウイスキーは金で飲むものではない。蒸溜所の熱意と歴史を含めた文化と職人への感謝で味わうものだと、生意気ながらも宮本は思っている。だから、ついつい、職人肌を感じるニッカの余市《よいち》、もしくはこの宮城峡を飲んでしまう。

今まで以上にそう思ったのは、『竹鶴政孝《たけつるまさたか》とウイスキー』という本を最近読んだ影響が大きい。この本は世界的に有名なウイスキー評論家、土屋守《つちやまもる》氏が竹鶴政孝の生涯を描いたものである。といっても、ノンフィクション小説の体裁を取っているわけではない。ウイスキーという概念が日本になかった一九一八年に竹鶴政孝はスコットランドに渡り、各蒸溜所で得た製法や蒸溜所の設備などをA5判の二冊の大学ノートにびっしりとまとめた。一般的に竹鶴ノートと呼ばれているものだ。そこに解説を入れ、誤植があれば指摘しているのが本作である。加えて、竹鶴政孝とパートナーのリタとの微笑ましい関係や、養子である威《たけし》氏との対談が丁寧に綴られていて、竹鶴政孝と彼の周囲の人たちの情熱がジャパニーズウイスキーの歴史を作り、世界的にも評価されるものにまで成長させたのだということがよく判った。一つのウイスキーを作るだけでも莫大な資金が必要だから、金は大事である。けれども、世界でも通用する本物の蒸溜酒《スピリッツ》を製造するのに最も大事なのは魂《スピリッツ》なのだと、その本を読み終えた宮本は強く感じた。何十年経とうが、ウイスキーの人気が衰退しようが、余市と宮城峡が支持されているのはそういう背景がしっかりと備わっているからだ。

それに、やはり仙台に住んでいると宮城峡は身近に感じる。竹鶴政孝が余市とはまったく性質の異なるウイスキーを作りたいと思って建設したのが、仙台市街からも程近い宮城峡蒸溜所だからだ。第二蒸溜所というと、第一蒸溜所とは味わいが違うものを作ろうとしてもどうしても似てしまうものである。しかし、余市と宮城峡はとても同じニッカが製造しているとは思えないほど異なっている。差異を挙げればキリがないほどだ。一番宮本がびっくりしたのは、余市は世界で唯一となった石炭直火による高熱を利用しているのに対し、宮城峡はスチームを使っていることだった。そのため、蒸溜の温度が大きく変わる。余市は一〇〇〇度以上となる一方で、宮城峡は一三〇〇度ほどなのである。ここまで極端に違うことを一九六九年に行ったのは画期的だ。そして、竹鶴政孝が数ある候補地の中から、現在の宮城峡蒸溜所のある場所に第二蒸溜所を建設することを決めたときのエピソードは、仙台市民にとっては誇らしい。初めてこの地に来た竹鶴政孝が渓谷を流れる清流の水でブラックニッカを割って飲み、味わいを確認して即決したのである。その後、その清流の名前がニッカと酷似した新川《にっかわ》であることが判ったのも運命的であるし、蒸溜所建設を決めたときに当時の県知事と町長が「ニッカの宮城県進出を記念して何かプレゼントしたい」と申し出て、竹鶴政孝が「番地名をニッカに」と粋な答えをし、実際にその通りになったというエピソードまでついているのだから、これはもはや奇跡どころの話ではない。神話だ。

　そういったこともあって、宮本にとって宮城峡はとても特別なウイスキーである。宮本は何度も宮城峡蒸溜所に足を運んでいるから、蒸溜所限定ボトルは全部飲んでいるし、宮城峡の特別ボトルもほとんど追っている。けれども、どんなに冒険しても結局は宮城峡に戻ってきてしまう。十二年が発売されていたころはそれを飲んでいたし、ノンヴィンテージも十二分に宮本の舌を満足させてくれ、つい注文してしまう。高い金を払ってまで手に入れにくいボトルを手にするまでもなく、現在、容易に入手できるものだけで充分なのだ。原酒不足で様々な熟成年数をブレンドしたのがノンヴィンテージだが、ブレンダーや宮城峡蒸溜所が自信を持って販売しているボトルだけあって、らしさ、は失われていない。そこが昔から宮城峡を愛している宮本には嬉しい。

ただ、今日の宮城峡は宮本の舌ではなく、感情を揺さぶってくるものがあった。

「いかがしましたか？」

「いや、ちょっとね……」

宮本はもう一度宮城峡のボトルに視線を送った。宮城峡は夕暮れ近い秋の午後の中で、素知らぬ顔で宮本と安藤の視線の針を撥ね退け、琥珀色の鎧《よろい》を纏って、悠然と佇んでいる。宮本は親しかった小野の面影を、堂々としたボトルがカウンターに落とす影の中に見ていた。

「安藤さん、今までに宮城峡が一番好きなウイスキーだ、というお客さんに会ったこと、ある？　あ、ごめん、ちょっと云い方が悪かったな。仙台に蒸溜所があるから大好きってお客さんは多そうだよね」

「はい。皆様、やはり思い入れがあるようで、よくお飲みになってくださいます。宮城峡蒸溜所に見学に行ってから当店にお越しになる方も多く、ファンになったというお客様もたくさんいらっしゃいますね」

「そうだよね。年上の兄弟の余市には知名度で敗けるかもしれないけど、宮城峡が好きって人は多いもんね」

「わたし自身、仙台で生まれ育ちましたので非常に愛着がございます。ただ、そういったことを抜きにしても、とてもよいウイスキーですから、世界的にも評価されていて、海外から見学にいらっしゃる方が多いのも頷《うなず》けますね。立地を知っているからかもしれませんが、味わいの中に野生の花のような甘さがありますし、山間《やまあい》の澄んだ空気とそこを流れる川の清らかさを持ったウイスキーだと思っております」

「やっぱり仙台で生まれ育った人にはそういう思い入れがあるよね。あの人もそうだから宮城峡って云ったのかなあ」

「と仰いますと？」

安藤の触毛のような敏感な直感が、宮本の言葉が僅かに濁ったのを見逃さなかった。宮本は小野を思い出しながら、

「先日、仲のよかった小野って人が亡くなったんだ。俺よりも三回りくらい年上の人だけど、腰の低い人で一緒に飲んでいて楽しかったな」

「それはお辛いでしょう。お悔やみ申し上げます。年齢を重ねると人間は尊大になってていき、本人が気づいていなくても他人を平気で傷つけるようになるものですが、その方は正

反対だったようですね」

「うん。小野さんも『生きてさえいれば歳を重ねるのは簡単ですからね。それだけで威張るのはおかしいですよ。それにどんな偉人でも他人を見下すのは失礼ですよね』って云っていたくらいだから。ほんと、いい人だったなあ」

宮本は友人が少ない。職場の上司や同期や後輩と飲み会やゴルフには行くが、入社してから三十年ほどが経つのに一度も本心から楽しめたことはない。張りぼての舞台に立ち、予め振り当てられた役をこなしているようなもので、娯楽というよりは仕事の延長だった。だから宮本にとって最も意味のある時間は、一人でいる空白の時間だった。けれども、小野と出会って、ちょくちょくと飲みに行くようになってからは、孤独が一番高価な商品ではないと知ることができたのだった。

「その小野さんがよくこんなことを云ってたんだよ。わたしは宮城峡だから、って。それでバーに行くとつい飲んじゃうって云ってたな」

「どういうことでしょう？　宮城峡好きは日本だけでなく、世界を見渡せばたくさんいるかもしれません。けれども、ご自身のことを宮城峡と仰る方は初めて伺いました」

秋の夕方らしく、四時を少し過ぎただけなのに平板で貧弱そうな陽射が入ってきて安藤の悩み顔を照らした。近所のビルが光を絞り込み、細い筆で安藤の顔の輪郭を描き出している。

「小野さんはおいくつくらいの方でしたか？」

「亡くなったあとになって知ったんだけど、九十歳だったらしいね」

「宮本さんはご存じでしょうが、宮城峡の工場が開設されたのは一九六九年でございます。ですので、お歳の関係でご自分のことを宮城峡だと称したわけではなさそうですね」

自分の生まれ年に蒸溜所が創業したのなら、人一倍そこのウイスキーを好んで飲むだろう。心底そこのウイスキーが世界一美味しいと思わなくても、蒸溜所の開設年と自分の生まれ年が重なっていれば気になるだろうな、と宮本は思った。しかし、小野と出会ったのはもう五年以上前になるが、そのときには既に八十歳を超えていた。小野が六九年生まれでないことは確実である。また、初対面のときから自分のことを宮城峡だと云っていたから、年齢とは無関係の事情で自分をそう称していたと推察するのが正しいだろう。

「安藤さん、他には何か思いつく？」

「第二蒸溜所、ということでしょうか。第二蒸溜所ができると名前が変わることがございますので。一例を挙げれば、アランは第二蒸溜所であるラグが誕生しましたので、ロックランザになったそうです。といっても、まだアラン表記のボトルしか見たことはございませんが」

ちらっとカウンターの前にぴしっと整列しているウイスキーの列に安藤が目を遣《や》った。光の加減だろう、突然の視線に怯えたようにアラン十年に被さっていた午後の橙色の日溜まりが僅かに揺れて見えた。

「そういうこともあるんだね。でも、ニッカだと、第一蒸溜所が余市、第二蒸溜所が宮城峡ってことになるんだろうけど、今回の件とは関係なさそうだね。小野さんの口から、宮城峡はニッカの第二蒸溜所って話は一度も出なかったから」

「他に味や品質以外で宮城峡だけの性格となりますと、カフェ式連続式蒸溜機があることでしょうか」

「結構その話は聞くんだけど、連続式っていうのが判らないんだよね」

今では使われていない旧式の蒸溜機であることは宮本も知っている。余市の特徴の一つが世界で唯一石炭直火を取り入れていることだとすれば、宮城峡はほとんど見られなくなったカフェ式連続式蒸溜機を使用しているのが大きな特色だろう。だが、どういうものなのか、宮本は詳しくは理解していない。

「すごく簡単に云うと何が違うの？」

「蒸溜所には金と銅の間のような色をした大きな装置がございます。そのことをポットスチルと云うことは、宮本さんくらいの方ですとご存じですよね」

「うん。蒸溜所のホームページに写真が載ってることが多いよね」

「そのポットスチルは通常ですと、一回ずつ発酵液を沸騰させて蒸溜液を作っております。しかし、宮城峡にある連続式蒸溜機は、連続的に発酵液を流し入れ、気化と凝縮を一つの蒸溜機の中で行っています。そうすることで、高いアルコール度数の蒸溜液を得られるそうです」

「へえ。判ったような判らないような話だなあ、俺みたいな素人からすると」

「竹鶴政孝さんはこのカフェ式連続式蒸溜機を六〇年代にスコットランドにわざわざ足を運んで購入されたそうですが、当時ですら時代遅れのものになっていたそうです」

「え？　そうなの？」

宮本は驚いた声で安藤に訊き返した。その声にびっくりしたように、風に煽《あお》られた窓が軋《きし》み声をあげた。

「はい。それでも今でも稼働しているのは、程よく甘みや香味成分が残るからだそうです。竹鶴政孝さんのウイスキーへの強いこだわりが感じられますね」

「なるほどね。ただ、それも関係ないかなあ。そこまでウイスキーに詳しい人ではなかったから。もちろん、愛していたのは確かだけど」

思い返してみると、小野がこの手の知識を口にしたことはほとんどなかった。しかも、日本酒を飲んでいたときもそうだが、幅広い銘柄を飲むタイプではなかった。日本酒は東北のものを好んでいたし、ウイスキーを飲みに行くと宮城峡は欠かさず飲み、それ以外も飲んでいたものの、たくさんの銘柄を飲んでいたという記憶はない。宮城峡の兄貴分にあたる余市や、スコッチの有名なものは飲んでいた気がするが、バーボンやカナディアンやアイリッシュは口にしているところを見たことがない。

「どうして小野さんは自分のことを宮城峡だと云ったのか、ますます判らないな」

「小野さんはどのようなお人だったのでしょうか？　宮城峡蒸溜所のスタッフの方、なんてことはございませんよね？」

「もちろん。小野さんは宮城峡蒸溜所には行ったことがあるけど、関係者ではないよ。あとは戦後兄弟と母親を亡くしたこと。結婚はせずずっと一人暮らしだったこと。広告プランナーを六十までやってて、その後はたまに出社して後輩たちを指導しながら、趣味の読書をして過ごしてたってことくらいかな。俺との出会いもこの店から近いアーケードのAブックスだったしね」

秋の夕暮れは近く、二ヶ月くらい前は同じ時間でも陽の色が白っぽかったのに、今は枯れ葉に似たくすんだ色に翻っている。夜になったら秋雨でも降るのだろうか、季節は夏の暑さを忘れることも冬の寒さをも予期することができずに、ただ『シェリー』の窓から見える空を濁し始めていた。

※

アーケードのAブックスに仕事帰りに寄るようになってから、何年が経つのだろう。速読するわけではないし、活字中毒でもない宮本はAブックスに行くたびに本を買うことはない。けれども、子供のころから行っていた市内の書店が乱伐されるように次々と閉店していくのを見ていると、まざまざと出版業界の厳しさが伝わってきて、ついつい何かしらの本を購入して少しでも世の流れに逆らおうとしている。Aブックスも他の店舗を閉店せざるを得なかったし、心なしか昔に比べて本よりも文房具の方が多くなっていて、切ない気分になるばかりである。宮本のような古い人間は、感情さえも飲み込んだ怪物のようなネットのショッピングサイトや、本離れを促しているスマホゲームの宣伝を見かけるたびに、悔しい気持ちになる。まだ二十代の職場の後輩何人かが云っているように、『売れているとか面白いって云われている本を読んだんすけど、あんま面白くなくて読まなくなっちゃうんすよ』という言葉に一理あることは確かだ。宮本自身、話題の本を手に取って、『面白くないと思った俺はおかしいのか』と苦悩することも多くなった。映像化されたものやネットで話題になったもの、乱立しているランキングで上位になった本は書店を賑わせるが、かといって、総てが傑作というわけではない。宮本は経験上、そういうことを知っているから、読書ってのはゴミ山の中に咲いた美しい花を見つけるようなものなんだよな、と捉えている。隠れている花を探し当て、それが売れ出したときの快感は何物にも代えがたい。

そんな風に読書を楽しんでいる宮本にとって、映像化されたものだけをプッシュするような露骨な本の売り方をしていないAブックスはありがたい。流行りの本ではなくても一冊は入荷してくれるし、文庫の平積みコーナーも、派手な帯をつけて色彩の氾濫を起こしたりはしていない。

　長かった夏の暑さも十月下旬になって少し弱まり、秋の観光シーズンになった。足がAブックスの観光雑誌コーナーに向かった。どの雑誌も紅葉や果実やキノコといったものを綺麗に写した写真を表紙にして、客の目を惹こうと奮闘しているのが判る。

　宮本が気になったのは、他に比べて地味な表紙の雑誌だった。爛れた肌のような幹をした柿の木に、一つの実が生っている。黄色というよりは赤黒く崩れそうになりながらも枝にしがみつき、秋の一日の最後の光を浴びて業火のように鮮やかに浮かびあがっている写真だった。どうしてこんな悲しげな写真を表紙にしたのか、一瞬、宮本は戸惑ったが、逆に興味を惹かれた。斜陽と呼ばれて久しい出版業界に対して、この出版社が熟柿《じゅくし》に自分たちを重ね合わせているかもしれないし、もしくはこういった写真を載せることで人々の心に現状の辛さを訴えかけ、同時に願いを託しているように感じた。

　平積みになっているその雑誌を手に取ったとき、隣から、枯れ木のような手が伸びてきて、同じ雑誌を手にした。

　ふっと視線をあげると、名前は知らないが、Aブックスでよく見かける老人だった。髪は一足早い雪を思わせるほど白くなっていて、ほんの少し猫背なせいか、こぢんまりとして見える。しかし、分厚い眼鏡越しにじっと雑誌を見る眼差しには好奇心と冒険心が溢れていて、正確な年齢が判らなかった。

どこかに旅行に行くのだろうか、と宮本が思ったとき、

「このお店でよくお目にかかりますね。文庫本とかお酒などの専門書のコーナーでよくお見かけするんですが、やはり紙の本がお好きで？」

年齢のわりに凛《りん》とした声で宮本に訊いてきた。

「ええ。電子書籍はどうしても読みにくくて。だから紙の本を買うようにしているんです」

「この秋はご旅行に？」

快活な声に合わせるように、宮本の口も他の客の邪魔にならない程度に大きくして、

「仕事で休みは取れそうにないので、写真の中だけの旅行になりそうです」

「そうですか。わたしは時間はあるけれど、体力がないので、同じく写真を見て旅行に行った気分になろうかと」

小野はにやっと銀歯を光らせた。外は秋らしいしとしととした細い雨が降り始めたようで、店を出た何人かの客が手で即席の小さな傘を作って、アーケードから屋根のないところへと走っていくのが見えた。黒い柱の先の電燈が、雨脚を銀色の糸にしてアーケードを縫っていて、その色が小野の銀歯に似ているな、と宮本は思った。

本や旅行の話を五分ほどして、

「そういえばお名前を伺っていませんでしたね。わたしは小野と申します」

「わたしは宮本です。本が結んだ縁、ですね」

「大昔の小説だと、中高生同士が同じ本を手に取って恋愛に……なんて話がありましたけど、わたしたちはどうあがいてもそうはならないですね」

白髪交じりの眉を上下させて小野が笑った。宮本も応じて笑みを返し、

「でも、大人になった分、楽しめることもありますよ。このあと、小野さんにお時間の余裕があるなら、飲みに行きませんか？」

「なるほど、それは中高生にはできませんね。わたしもそれなりにお酒が好きですから、行きましょう」

それなりと謙遜するということは、小野は結構飲めるタイプだな、と宮本は直感した。飲める人ほど、嗜《たしな》む程度だとか少し飲むくらいだとか云うことを宮本はよく知っていた。

同じ観光雑誌を購入し、Aブックスを出て、少し雨に濡れながら西に移動した。国分町がすぐ傍《そば》にあり、雨に濡れて艶やかに見えるネオンと店舗の明かりが雨の雫《しずく》をそれぞれの色に染めあげ、宮本たちを歓楽街に誘いこんだ。雨ではあったが、小野がよく行くという地下一階の和食居酒屋は混んでいた。けれども、ちょうどカウンターの隅の二席が空いており、二人はそこに腰を下ろした。

「一杯目はビール派ですか？」

宮本が訊くと、

「わたしくらいの年代の飲み会は一杯目はビールだったし、今もあまり変わっていないらしいですね。でも、実はわたしは一杯目から日本酒、という人間でしてね」

「それは奇遇ですね。自分もそうなんですよ。しかも、日本酒が一番美味しくなる秋のひやおろしのシーズンに飲まないのはもったいないな、と思ってまして」

小野が日本酒好きのせいだろう、この店には、ひやおろしだけを載せたメニューがあり、宮本は年齢を忘れて浮かれてしまった。

秋田県湯沢《ゆざわ》市に蔵がある角右衛門《かくえもん》を宮本が頼むと、東北の酒は美味しいですからね、と小野は云ってから、鳥海山《ちょうかいさん》を注文した。同じ秋田の日本酒である。小野が合わせたとしか思えない。やはり小野はかなり飲む方だと宮本は確信した。

升の中にグラスを置いてそこになみなみと日本酒を注ぐ、もっきりと呼ばれるスタイルで出てきたので、乾杯、と云って、二人は口で酒を迎えに行った。角右衛門は華やかさがあるが派手ではなく、秋の夜長にぴったりの酒だった。淡い茶色になるまで汁を吸ったおでんのふろふき大根との相性もいい。とろろ昆布がかかっていて、それもまた酒好きには堪らなかった。

「なかなかいいお店でしょう？」

鳥海山を飲みながら小野が云い、

「そうですね。お刺身も宮城県のものを使っているみたいですし」

そう云ったとき、刺身の盛り合わせが来た。みやぎサーモンと金華さばのしめ鯖が、ツマと緑色の紅葉を連れて出てきた。みやぎサーモンも金華さばのしめ鯖も他ではなかなか食べられない逸品だし、何より東北の酒とよく合う。どちらも脂がしつこくなく、濃厚な旨味が米と水の美味い東北の日本酒と仲がよいのだろう。

焼き物や天ぷらも季節のものばかりだったし、宮本と同じく小野も宮城出身のようで、話がよく合った。酒が舌を滑らかにしていたせいもあるが、本や酒といった共通の趣味があったからだろう。

ただし、不思議な点が一つあった。それは小野の過去である。他人の過去を詮索するのは悪趣味だし、宮本はなるべくしないようにしているのだが、小野は広告プランナーをやっていたことと独身を通したこと以外はプライヴェートについて語らなかったのである。広告プランナーとして第一線で活躍していたのはもう三十年ほど前のことだろうし、どうしてその職業を選んだのか、だとか、どういう仕事でどんな人がいたのか、といったことについては一切話そうとしなかった。初めてサシで飲んだのだから当たり前といえば当たり前だが、小野の過去に何かあるのではないか、と思わせるには充分な徹底っぷりだった。

夜九時が回るころになると、お互いに赤い顔で呂律の回らない話し方をするようになってきたので、解散にしようと宮本は思った。しかし、それまで蠟燭《ろうそく》の燈《ひ》のようにゆらゆらとしていた小野の目がきちんと宮本を捉え、

「もう一軒、付き合ってもらえませんか？」

ええ、もちろん、お付き合いします、と答えると、晩翠《ばんすい》通や広瀬《ひろせ》通の方へ歩き出した。そちらにも飲み屋があるが、国分町からすると店の数は少ない。国分町が色とりどりのネオンの燈を織り成した錦の衣ならば、こちらの方面は黒無地とはいかずともそれに似た地味さがある。しかし、広瀬通の手前の小路まで来ると、店の明かりが点々と灯っていて、無数の光の点が宮本を待っているように見えた。普段だとタクシーが列を成しているが、今日は小雨ということもあって利用客が多いのか、二台しかいなかった。

広瀬通を渡るための信号待ちをしていると、やけに小野の背中が寂しく見えた。夜風と小雨と通り過ぎる車のライトがアスファルトに薄い影を揺らし、何度も拭い去っていく。拭い去ったあとにすぐにまたライトが新たな影を作るのだが、それもまた消える。信号が変わるまで何度も繰り返されるその光景を見ながら、宮本はまるで小野が何度も死んで、何度も蘇っているように思えた。それは小野が過去について語ろうとせず、宮本の中で彼の実体が摑めていなかったせいかもしれない。

『シェリー』もそうだが、小野がよく行くという『ハードラック』という店も、雑居ビルの二階にあり、こぢんまりとしていた。だが、一枚板のカウンターは綺麗だし、ランプを

置いて明かりを取っているのも洒落ているし、並んでいるウイスキーやリキュールなども種類は豊富だ。けれども、これならば国分町の真ん中のバーでも飲める。どうしてわざわざ小野がこの店を選んだのか、判らなかった。

もしかしたらカクテルが美味しいのかもしれない、と思ったが、小野が最初に注文したのは、宮城峡のストレートだった。宮城峡は仙台に蒸溜所があるから、ほとんどのバーに置いてある。しかも、小野が注文したのは特別なボトルではなく、ごくごく普通のノンヴィンテージだ。どうしてこの店を選んだのか、宮本にはますます理解できなかった。

すると、二人の前に宮城峡が置かれたとき、

「何でって顔をしていますね？　この店を選んだのは特に意味はないんですよ。わたしが初めて宮城峡を飲んだのがこのお店だったっていうだけでね。それに国分町から少し離れてて、隠れ家という雰囲気がして好きなんです。わたしも地味に生きてきましたから」

「小野さんは宮城峡がお好きなんですね」

「好きというよりはわたしが宮城峡を飲むのは、別の理由があるんです。わたしは宮城峡だから」

「え？」

グラスを置いて、ほろ酔いになり、赤くなった小野の横顔を見る。

「えっと、それはニッカさんの社員だったということですか？　だとしたらすごいです

ね」

「そうだったらよかったんですけどね。違うんですよ、宮本さん。一九六七年から始まった宮城峡蒸溜所の建設には多少はかかわっているんですけど、大型荷物の運搬といったいわば雑用がメインでしたから。あの当時、わたしは職を探していました。そこへ飛び込んできたのが宮城峡蒸溜所建設のニュースです。とはいえ、そのころのわたしはウイスキーは飲んだことさえありませんでしたから、ただの食いつなぐための労働で、専門的な分野にはノータッチだったんですよ。あのときウイスキーに興味を持っていればと後悔しています」

「今でこそ第二蒸溜所を持っているところは日本でも多いですけど、当時としては画期的でしたよね。余市とはまったく性格の異なるウイスキーを作るために宮城峡蒸溜所を建てるっていうのは日本のウイスキー業界にとって大きなニュースでしたから、そこに携わっていたというだけでも誇れることとですし、履歴書に書けることだと思いますよ」

　お世辞抜きに宮本は興奮気味に云った。余市の陰に隠れがちとはいえ、宮城峡は世界に誇れる蒸溜所である。多少の工事で姿が変わった部分はあるが、元々の宮城峡蒸溜所の建設に触れていたというのは誰かに自慢したくなる出来事だ。

　しかし、話しっぷりからして小野が自分のことを、宮城峡だから、という理由には別の何かがあると思った。そして、きっとそちらの方が比重が大きいのだろう。ただ、建設に少しかかわっていたという事実だけでも、宮城峡蒸溜所の歴史を形作る重要なレンガの一つのようなものなのに、それを自慢話にしないどころか、当時はウイスキーに興味がなくて専門的な分野には関与していないと云った小野は何か重大な秘密を持っていると宮本は感じていた。

「酔っ払いの戯言《ざれごと》だと思って聞いてください。わたしも明日になれば忘れているだろうし、何せ、宮城峡よりも年寄りの云うことだから」

そう前置きをし、

「宮本さんから見てわたしは成功者、いや、そこまで行かずとも幸せな人生を歩んできたように見えますか？」

「小野さんがおいくつかは知りませんが、少なくとも今はとてもお元気そうですし、こうしてお話ししていると、広告プランナーとしても実績を残されてきた方なんだなあ、と尊敬しますよ」

嘘ではない。酒が入ると人の本性が明らかになる、と宮本は思っているが、小野は酔ってもこちらの気分を害することは一切云わないし、しない。そういう人間は信用できる。

「この歳になると思うんですよ。自分の人生が幸せだったかどうかって。年寄り臭いって思われるかもしれないけれども」

そんなまだお若い、というありがちなお世辞が浮かんだが、そんなことを云うべきではないと宮本は思った。小野が眉間に走らせた皺がそのまま歴史の糸になって、宮本を知らぬ世界に連れていってくれそうだったからである。

「わたしは生まれも育ちも仙台。だから、昭和二十年の仙台空襲は辛かったですね。このへんも含めて、いわゆる焼け野原。仙台駅から西公園が見えるようになった、なんて嘘のような本当の話が広まったくらいでしたよ。わたしの母親は仙台駅から西公園が見えるようになったけど、その分未来は見えなくなった、なんて巧いこと云ってたな。といっても、わたしは幼かったからあまり憶えてはいないんだけどもね。目の前で起きたことよりも、母親の言葉の方を強く憶えているんだから不思議なもんですね。でも、生きるのに大変だったってのは記憶にあるなあ。東日本大震災のときは、どうして人生でこんなに何度も辛い目に遭わなきゃならないんだって思ったくらいでした」

「生きるだけで精一杯、という言葉そのものですね」

「その通りでしたね」

遠ざけた視線の先に小野は過去の辛い出来事を見ているようだった。そういう目をしていると、年齢にしては白すぎる顔が一層寂しい白さに見える。バーの抑えられた明かりにさえも敗けて、枯れ落ちる間際の植物のようだった。

小野は宮城峡をほんの少し口に含んで、ゆっくりと味わいながら飲み、

「終戦後の生活も戦前と大して変わらなかったですね。相変わらず未来なんてものはなく

て。わたしの母も、弟二人も、昭和二十九年にまとめて死んじゃいましたしね」

「え？　一年で、ですか？」

「うん。流行り病、というやつです。どんな病気に罹《かか》ったかも判らず、三人とも死んじゃった。当時は病院に行くのも難しかったし、薬もなかったし、そもそもそんなお金はなかったから。十年後くらいだったら助かっていたかもしれませんけどね」

微かに笑った小野に笑窪《えくぼ》ができた。店内の明かりが抑えめであるせいもあるだろうが、骸骨の眼窩《がんか》のように陰鬱で、どこまでも落ちていってしまいそうな暗さがある。小野が背負ってきた歴史の暗部がそこから湧き出ているようにも感じられた。

「宮本さんには広告プランナーなんて、偉そうな肩書きを云ったけど、そこに行き着くまでに数え切れないくらいの職を転々としましたよ。朝鮮戦争の特需はあって当時は喜んだもんだけど、今にして思えば酷いと我ながら思いますね。人の命の奪い合いで金儲けをしたんだから」

「そんな……小野さんのせいじゃないですよ」

「うん、そうかもしれないけど、この歳になると懺悔《ざんげ》したくなるものです。不思議なもんですね。わたしくらいの年齢になると、昔の罪がぬっと顔を出してきて苦しめてくるんですよ」

冗談なのか、本気なのか、判らない口調で云い、

「六〇年代にはある程度の生活ができるようになったけど、わたしはゴタゴタに巻き込まれて大変でした」

「ゴタゴタ、ですか？」

「強盗犯になりかけたんですよ」

「強盗犯？」

　急に予想しなかった単語が出てきたので、宮本の酔いが一気に飛んだ。小野もチェイサーを飲んで間を置いた。多少強くなった外の雨の気配が入口付近から染み込んできて、突然際どくなった会話に暗い濁りを与えている。しかし、国分町とちょっと離れている上に周囲に住宅もあるせいで、雨と同時に風鈴に似た清らかな蟋蟀《こおろぎ》の音色が聞こえてきた。

　その音に背中を押されるように、小野は再び口を開いた。

「戦後の十年に比べれば生活はマシになりました。わたしも建設会社の正社員になることができましてね。こう見えても手先は器用でしたし、何かを作るっていうのが好きなんですよ。稼ぎもよかったですしね。でも、あるとき、アパートで昼寝をしていたら、見るからに堅気じゃない二人組が来まして。金を返せって云うんですよ。いえ、確かに数少ない友人から会社が潰れそうだから少し金を貸してくれないか、という頼み事があって、数万円を貸した憶えはあるんです。でも、その親友はきちんと金を返してくれたし、わたしも金融会社のお世話になった記憶はありませんでした。けれども、どうやらその友人にはわたしに打ち明けた以上の借金があって、いつの間にか、うちから盗んでいった実印を使って金を借りていたみたいなんです」

そのときの小野のことを思うと、胸が痛んだ。戦争を経験し、ある程度の日常生活を取り戻したというのに、一気に破綻してしまった。それが信頼していた友人の裏切りとなると、経済的にも精神的にも大きな傷を負っただろう。

「しかも、わたしが借りたことになっているのは今の感覚で云えば数千万円で、利子も法外なものでした。返せるはずがない。弁護士か警察に駆け込むべきだったんでしょうが、わたしが仕事から帰宅すると金貸しがアパートの玄関前に立ってて、金を返せ金を返せなんて云ってくるもんですから、マトモに頭が働かないんです。そのうち職場にも電話をかけてくるようになって……だから、そんな金なんて返す必要がないのに、返さないといけない、と思わされちゃうんですね」

いわば洗脳の一種だ。しかも、借金をしていない小野にそれをさせているという罪悪感までも植えつけている。当時も今も酷いことをする連中がいるもんだ、と宮本は憤慨した。

「ところが、ある日、思わぬことが起きたんです。わたしに金を貸していると主張している金貸しの事務所に強盗が入って、現金と借用書などがごそっと盗まれたんです」

「今までの小野さんのお話を拝聴する限り、天罰ですね」

「ははは。他にも被害者は多かったようですから、あの連中は相当恨みを買っていたと思いますよ。それに、彼らも警察に被害届を出すかどうか迷ったんじゃないかなあ。自分たちも危うい商売をしてましたからね。でも、大金が盗まれたんですから、通報するしかなかった。そこで捜査が始まってわたしに疑いが向けられたんです」

「どうして小野さんが疑いをかけられたんですか？」

「現金と借用書が盗まれたとき、犯人と金貸しの一人が揉み合いになってるんです。犯人は暗闇の中、金庫から現金と借用書を取り出そうとしていたから懐中電燈は持っていたようなんですが、揉み合いになったから顔がはっきりしない。でも、わたしに顔や体つきが似ていたと証言してるんです。あと、その際に金貸しの下っ端はナイフで切りつけられたんですが、その一方で同じ凶器で強盗の右腕に怪我をさせているんです。それがたまたまわたしが事件の日の昼間に建設現場で怪我をしたのと同じ場所だったんですよ」

「それは運が悪かったですね」

「ですから、警察から署まで来てくれないか、というわけです。でも、そのときのわたしは普段のわたしじゃなかった。動揺してその場から逃げちゃってね。お恥ずかしい限りだけど。そのころは戦前ほどじゃないけど、冤罪《えんざい》が多くて。警察は怖いっていうイメージがあったから」

一番よくないパターンの一つだ。今は取り調べの可視化が行われ、刑事たちの圧力による冤罪被害は少なくなっているだろうが、六〇年代はそうではない。物的証拠がなくても、一人の人間を容疑者という生贄《いけにえ》として捧げ、事件は解決したのだ、という偽物の安心感を世間に刷り込ませることが行われていた時代である。警察の厄介になるとなれば、周囲の視線も冷ややかな針のようになって小野に突き刺さることは目に見えている。

けれども、やはりそれは悪手だ。警察はますます小野への嫌疑を深めただろうし、真犯人は証拠を消したり今後の作戦を練る時間を得た。小野には一文の得もない。でも、金貸しに苦しめられ、メンタルが弱っているときだったら、自分も小野のように逃げてしまうかもしれない、と宮本は思った。

小野は酔いで紅潮した頬の色を消し、蠟のように白く冷たく固めて、

「宮本さんの思っていることは判ります。騒ぎを聞いた近所の人がアパートに知らせに来たときに、逃げずに警察に総てを話すべきだったと後悔していますよ」

「でも、六〇年代とはいえ、警察もすぐに小野さんの行方を追ったはずですから、逮捕されちゃいましたよね？」

「これがそうじゃなかったんですよ。今はほとんどの人が携帯電話を持っているからGPSを使えば追跡は容易だし、道路にはNシステムだっけね、あの車のナンバープレートを読み取ってデータベース上の手配車両と照合するシステム、あれがあるから逃走は今の方が難しいんじゃないですかね」

「GPSは何となく知ってましたけど、Nシステムなんてのがあるんですね。よくご存じ

ですね」

小野は目だけで小さく笑って、

「強盗犯になりかけた人間ですから。つい、ニュースでそういうのを見ると詳しく調べちゃうんですよ」

僅かに声を崩れさせて云ったあと、

「わたしのときはそういうのが一切なかったから、逃げやすかったですよ。お陰で一年以上逃げちゃいました」

バックライトを浴びたウイスキーたちに視線を向けている小野は、懐かしむわけでも、誇らしげに云うわけでもなく、淡々と思い出を紡いでいくように語った。ただ、宮本が想像していた以上に小野の目が遠くを見ているのは、総ての過去を記憶の海底に沈めている思い出の箱から引き摺り出そうとしているせいかもしれないと思った。直感だが、誰にも小野はこの話をしていないと思った。けれども、今夜、宮城峡の力を借りて必死に話そうとしている。そう確信した。

「警官に腕を摑まれたとき、わたしは東京の郊外にいました。人の多いところの方が見つかりにくいかも、なんて馬鹿なことを考えてしまいましてね。でも、仙台から逃げてきたはいいけど生活できませんでした。そのとき、アメリカから当時の最先端技術を学んで帰国したお医者さんと仲よくなったんです。かなり設備の整った病院にお勤めで、看護師や検査技師といった方々は揃っていたんですが、清掃などを行う人が足りなかったので、その手伝いをしながら居候をさせてもらってたんです」

「それはいい巡り合わせでしたね。でも、その後、警察に？」

「場所がバレてしまいましたし、お医者さんにもご迷惑がかかると思って、そのまま仙台に戻ってきました」

「裁判……ですか？」

繊細な話題だけに慎重に宮本が訊ねた。すると、小野はまだ視線を遠ざけたまま、さらりと、

「仙台に帰ってきたらわたしはすっかり強盗事件の容疑者になっていました。それに、逃亡してしまいましたし、東京郊外で捕まったときにも抵抗しちゃったので公務執行妨害の罪に問われましたね。でも、結果的には不起訴でした」

「元々の原因の強盗の裁判の方はどうなったんですか？　今までのお話を聞いていると、小野さんが現場にいた証拠がたくさん残っていそうですけど」

同じく小野は視線を白壁に投げたまま、

「わたしの指紋や髪の毛といったものは当然残っていました。よく呼び出されたり、こっちの主張を聞いてもらうために事務所に行ってましたからね」

「そうですよね。あと、犯人は揉み合いで切り傷を負っているはずだから、血液が残って

いるはずですよね？　それを調べれば無実が立証できるんじゃないですか？」

宮本は突っ込んだことまで云ってしまったと思って小野の顔色を窺ったが、先刻よりも赤みを増しただけで表情に変化はない。

小野は宮本の焦った気配を気にしていないようで、変わらぬ柔らかい声でこう続けた。

「宮本さんが云う通り、現場には二人の血痕が大きな証拠として残されていたそうです。一人はその金貸しのもの、もう片方は強盗犯のです。それは疑いようがありませんでした。そして、当時は今のような精度の高いＤＮＡ鑑定は無理でしたが、血液型での鑑定は可能でした。金貸しの血液型はＡＢ型。強盗犯はＡ型。そしてわたしはＯ型なんです」

「なるほど。血液型が違ったんですね。それは今ほど科学捜査が進んでいなかった当時でも無視できない証拠ですね」

「ええ。ですから、さすがに警察もわたしの潔白を信じてくれた、というわけです」

そこまで云って、やっと小野は視線を宮本に戻した。過去から戻ってきたかのように吹っ切れて見えたし、刑事事件の容疑者にされたという重い過去を言葉にできて、ほっとしているようでもあった。

「その事件がわたしの人生最大の見せ場だったのかもしれませんね。その後はちゃんとした弁護士さんについてもらって後処理をして、借金のない体になりました。あとは平坦な人生です。仕事は慣れるまで大変でしたが、戦中や戦後ほど酷くはありませんでしたし、何より食べるものも飲むものも住む場所もあった。強盗事件の容疑者になって逃亡したときもいいお医者さんに助けてもらった。家庭には恵まれなかったかもしれませんけど、運はよかったんでしょうね」

「小野さんのお話を聞いていると、戦後の日本の沿革が目に浮かんでくるようです。地元の銘酒を飲みながら貴重な話を聞くことができるとは思いませんでしたよ」

「そう云ってもらえると嬉しいですね。年寄りの戯言に付き合ってもらって申し訳ないな、と思っていたから。あまりにも嬉しいから、ここはわたしが持ちますよ。どうですか、もう一杯？」

普段ならば断る、もしくは遠慮するフリをする。顔だけは前々から知っていたとはいえ深く話すのは今日が初めてだ。そんな人に奢ってもらうのは失礼だと宮本は思った。けれども、今夜だけは許される気がする。

「ありがたく頂戴します。宮城峡をストレートでもう一杯、お願いします」

小野に頭を下げ、フォーマルな格好よりもスポーティーな服装の方が似合いそうなバーテンダーにそう注文した。

すぐに目の前に宮城峡が深い色合いで登場した。グラスの中で僅かに揺れながら若いリンゴのような匂いを宮本の嗅覚に届けてくる。今日の出来事が宮城峡によって纏められ、宝石のように頭の芯に嵌め込まれた。そして、宮城峡を一口飲むと、その彩りの豊かな宝石がぱっと燃えあがり、今夜を永遠のものにしてくれた。

「宮城峡、今までも好きでしたけど、小野さんと飲むと余計に美味しく感じますよ」

「ははは。お世辞だとしてもありがたい言葉だなあ。今夜宮本さんと飲み歩いた店は、酒や食をちゃんとした文化にしていますよね。わたしは好きだな、そういうの。戦後の日本は儲かった人が一番偉いっていうのが当たり前になっちゃったけど、こういう文化には最後まで抵抗して、勝ってほしいなあ」

「そうですね。金額でよい悪いを判断するんじゃなくて、いいものはいいってなるといいですね。特にお酒は作ってみないと判らないものですし、百パーセント理論でできているものじゃないですから。そういうのを大事にしていきたいですね」

「そう考えると、高度経済成長やバブルといった空虚なお祭りや、九〇年代以降の空っぽな今の日本を作っちゃった罪はわたしにもあるんでしょうね。年寄りの愚痴、というか、懺悔になるけれども」

「同僚や部下にも、何が幸せなのか判らない、何で生きているか判らないってボヤく人は多くなってきている印象がありますから、よく判ります」

　年間、二万人以上の自死者を出しながら、有効な対策を考え出そうとせずに経済優先で突き進んできた結果がこれだ。小野の戦争体験や強盗容疑をかけられての逃亡劇も辛かっただろうが、現代は種類の違う地獄のような場所かもしれないと宮本は思うことがある。

「何だかんだ、わたしが何とか今日まで生きて来られたのは、これのお陰かな」

小野は新たに頼んだ宮城峡を篝火《かがりび》のように掲げ、うっとりとした顔で暖色の照明を吸ってさらに小さな炎らしくなったウイスキーを見ている。辛いときに酒に走るのはよくないことかもしれないが、心の底から酒を愛し、インスタントに消費するのではなく、自分の人生に添わせている小野の生き方はいいな、と思って宮本もグラスを少し持ち上げ、乾杯をした。小野は自身のことを宮城峡に喩《たと》えた。最初は意味が判らなかったものの、もしかしたら、宮城峡がなければこんな人生を送れなかったかもしれない、という感謝の意味が込められているのかもしれないな、と解釈した。

二人が『ハードラック』を出たのは深夜一時半だった。雨脚は弱まっていて、広瀬通は霧のような雨に濡れ、看板の明かりを落とした店や住民が寝ているであろう民家は夜に溶け、国分町とそう離れていないのに街は眠っている。コンビニの白い光だけが雨の余韻と闘っていたが、車通りが少なく、明かりもなくなったせいで哀しく見えた。

「そういえば、お互いの連絡先を交換していませんでしたね」

宮本が切り出すと、小野ははっとして、

「そういえばそうでした。といっても、わたしは今は無職ですからね。でも、電話番号とメールアドレスだけでも」

落ち着いたブラウンのジャケットのポケットから手帳を出して、そこに電話番号とメールアドレスを書いた。

「別れ際に名刺交換なんておかしいですね」

宮本が名刺を出しながら笑うと、

「わたしたちらしくていいんじゃないでしょうか。それに、わたしはちゃんとした名刺じゃなくてただの紙切れですし。申し訳ないです」

云ってメモ用紙を出した。

宮本はやけに肩書きが多くていかにも金をかけて作りましたという名刺や、味気なさすぎるデジタル名刺は苦手なので、小野のメモ用紙に好感を持った。人の価値は肩書きで決まるわけではない、ということを小野が控え目に云っているような気がして気分がよかった。

それから何度、会って酒を酌み交わしたのか。数え切れなくなったころに、小野からの連絡が途切れた。どこかに長期旅行に出かけているのかもな、と思いながら職場と自宅を往復していると、仕事中の午後二時半くらいに、スマホが震えた。知らない番号からだったので、嫌な予感はしていた。その通り、電話の主は看護師で、小野は三週間ほど前から体調を崩して入院しており、先ほど病院で亡くなったとのことである。自身でも驚くほど、そうですか、という素っ気ない声が宮本の口から零れ、そのことに誰よりも自分がびっくりした。小野は入院中も看護師たちに丁寧に接していて慕われていたのか、看護師は涙を押し殺した声で、自分が死んだら唯一の友人である宮本さんに一報を入れてくれ、と頼まれたと語った。マンションの後片付けや葬儀などについても既に手続きを済ませてあるという。らしいな、と宮本は思い、通話を切った。

部下たちから、どうしたんですか、と訊かれ、友人が亡くなったんだ、と答えたとき、やっと悲しみが宮本の胸の底から湧いてきた。部下たちの、ご愁傷さまです、だの、今日はもう帰宅してはどうですか、だのという気遣いの声を聞いて、今日はそうさせてもらおうと思い、上司に早退する旨を伝えて荷物を持ってエレベーターに乗った。

小さな箱の中で、嫌でも一人であることを実感した瞬間、熱い涙が高原の風のようにさっと宮本の頬を伝った――。

※

宮本が話し終えるころにはもう暮色が窓を鎖そうとしていた。毎日賽《さい》を振って決めているかのように、昼間は夏の強い陽射と秋の穏やかな光が不規則に訪れ、二つの季節の間で揺れ動いて混乱しているのだが、これくらいの時間になると虫の音も手伝って完全な秋である。『シェリー』から見える定禅寺通の紅葉も夕闇と雨雲に覆われ、灰色に沈んで見える。ネオンが葉を色づけようとしているが、やはり自然な色合いは出ず、ちぐはぐな街路樹となってしまっていた。

「小野さんのこと、改めてお悔やみ申し上げます。お付き合いする時間は短かったかもしれませんが、宮本さんにとっては忘れられない方になりましたね」

「うん。一度、ここにも連れて来たかったんだけど、小野さんのお住まいは片平《かたひら》の方だったから」

『シェリー』があるのは国分町でも一番とも云える北にある。片平は国分町から見ると南に位置していて、方向が正反対だ。なかなか二軒目で小野の自宅から遠い『シェリー』に誘うのが難しく、そのうちに、と思っている間に、結局『シェリー』で一緒に飲むことは叶《かな》わなかった。それだけが心残りだし、どうしてそんな簡単なことができなかったのだろう、と今になって悔やむ。美しい声の鳥が飛び去って初めてその歌声の素晴らしさに気づくのと同じように、小野の訃報を聞いて、一緒に飲み歩く時間が想像以上に自分の中で大きかったことに気づかされた。

「小野さんのことについて、少々、お訊きしたいことがあるのですが、よろしいでしょうか？」

「え、ああ。何？」

「小野さんはご自身のことを、わたしは宮城峡だから、と仰っていたとのことでした」

「最初に会ったときも、その後も飲むたびに同じことを云ってたよ」

「宮城峡が好きだ、という風な云い方はなさっていましたか？」

おかしなことを訊くな、と思いながら宮本が回想してみると、確かに小野はバーで宮城峡を飲むたびに、自分を飲んでいるようなんですよ、だとか、やっぱりわたしは宮城峡のようです、と何故かしんみりと語っていたが、宮城峡が好きで飲んでいる、という話は聞いたことはない。毎回飲んでいるウイスキーならば、どういうところが好きだとか、このボトルがいいとか、そういった話が出てくるのが普通だ。しかし、小野は違った。安藤の指摘通り、これは奇妙だ。

「安藤さんの云う通り、小野さんからは宮城峡が好きで飲んでいるという話は不思議と聞かなかったな。もちろん、美味しいだとか、自分の好みに合うという話はしてたけど、宮城峡が一番好きなウイスキーだ、というニュアンスではなかったね」

「では、ご自身が蒸溜所を作ったんだ、という云い方はなさっていましたか？」

「いや、そういう風には云ってなかったね。何度かその話が出たときも、含羞《はにか》みながら、下働きをしただけですから、って謙遜してたね」

「やはりそうでしたか」

「え？　やはりってどういうこと？　小野さんのことで何か判ったの？」

「はい。どうして小野さんがご自身のことを宮城峡だと仰っていたのか、ようやく見えてきました」

「俺は先刻の安藤さんの話を聞いてさらに判らなくなっちゃったよ」

混乱した頭を整えようとして、宮本は視線を外に投げた。迫ってきた夕闇と垂れ込め始めた雨雲に支配された仙台市に、夕陽が意地を見せて一日の最後の光を淡く降らせて、秋の終わりを装わせている。最初に小野と飲んだ日もこれくらいの時期だったかな、と宮本が思ったとき、

「差し出がましいようですが、お手伝いいたしましょうか？」

「え？　安藤さんは全部判ったの？」

安藤の方に視線を向けて訊いた。

「はい。宮本さんがとてもご丁寧にお話ししてくださったので、よく判りました」

「それなら聞かせてくれないかな？　小野さんとは何度も飲んだけど昔話はほとんどしなかったから、どうして自分は宮城峡と云ったのか、イマイチ判らないんだよ」

「承知いたしました。実は既にわたしの方で用意しておりました」

抑えられた照明とバックライトを化粧にした安藤は、

「まずわたしは宮城峡の特色や地域や歴史に着目してみました。けれども、やはりどうして小野さんがご自身を宮城峡だと仰ったのか、判らないままでございました」

「そうなんだよね。宮城峡蒸溜所の設立年とも関係ないみたいだったし」

「宮城峡と小野さんを重ね合わせようとしても、間違えている鍵を使っているような感触

があって、どうもしっくり来ませんでした。しかし、小野さんの過去を拝聴したとき、もしかしたら、と気づくことがございました」

「そうなの？　俺は全然判らなかったんだけど……」

「宮本さんが気づかなくても無理はございません。わたしが気づいたのもたまたまですから」

安藤は宮本をそう励ましてから、

「宮本さんが小野さんと初めて飲みに行ったときのお話を拝聴していて、かなり壮絶な人生を送られたんだなと存じました」

「時代が時代とはいえ、相当大変だったろうね」

「宮城峡は完成した年が一九六九年ですから、スコッチなどと比べると比較的若い蒸溜所です。さらに『シングルモルト仙台宮城峡十二年』という名前でリリースされたのは一九八九年ですから、小野さんが宮城峡を飲むことになったのは、ご自身の生活がある程度安定してからのことだと存じます」

「そうだろうね。宮城峡蒸溜所ができたあとは建設会社や広告プランナー。八九年となると、それなりの地位にいただろうね」

小野の年齢を考えると、ビジネスパーソンとして一番脂が乗っているときに宮城峡を知ったのかもしれないな、と宮本は思った。

「どこのバーでお飲みになったのか、もしくはどなたかからもらったのかは判りません。しかし、八九年の発売よりも先に、小野さんはあることから宮城峡に強い思い入れを持っていたのです」

「あること？　宮城峡蒸溜所の建設に少しかかわっていたっていうのとは別に？　強盗の容疑をかけられたこと、かな？　いや、それは大きな出来事だけど結局無罪だったわけだから関係ないと思うんだけど……」

　底の方に僅かに残っている宮城峡を回して香りを楽しみながら、宮本は謎の中心に迫ろうとした。けれども、自然を濡らす朝露のような爽やかな香りしか感じ取れない。小野が隠していた宮本では思いつけなかった秘密とは縁遠い、か細い匂いである。

「わたしも一度は宮本さんのように思いました。しかし、わたしはそこに宮城峡と小野さんの接点があると推察しました」

　どうやら宮本の洞察力が拾い損ねたものを安藤は長い歴史の川から掬《すく》いあげたらしい。

「金貸しの事務所が強盗に入られ、小野さんが疑われて、それに気づいて逃亡生活をしばらく送っていたとのことでした」

「うん。小野さんが借金したわけじゃないし、返す義務もないのにかなり迷惑をかけられたって話だったね。でも、犯人のものと思しき血液が現場に残されていて、それがA型。小野さんはO型だったから容疑が晴れたって話だったね」

「そこに隠された事実がございました」

安藤は崩れていく夕影と同じ、寂しそうな顔をした。

「え？　もしかして、小野さんが犯人だと疑っているの？　いくら今よりも捜査技術が劣っているとしても、血液型の鑑定を間違えるとか、摩り替えるとか、そういうのはできないと思うけど……」

非難するような声になってしまった、と宮本が反省していると、

「ご気分を害されたら申し訳ありませんでした」

深々と安藤は頭を下げて謝罪し、

「親友とも呼べる方を犯罪者扱いされるのは気分がよくないですよね。失礼いたしました」

「いや、それは仕方ないことだから。俺も最初に聞いたとき、小野さんを疑ったくらいだし。安藤さんは小野さんが金貸しを襲ったと考えてるんだね？　今は酷すぎる取り立てに打つ手はあるだろうけど、当時はなかったから精神的にきつかっただろうね。こんな悲惨なことが続くのか、と悲観して罪を犯してもおかしくない。でもなあ、血液型の件があるからやっぱり小野さんはシロだと俺は思うけど……」

「いくら六〇年代とはいえ、現場に残された貴重な証拠である血液型を間違えるとは思えません」

「だとすると、当時の鑑定にはミスがなく、犯人はA型だったってことだよね？」

「はい。その通りで間違いないと存じます」

「ならやっぱり小野さんは……」

安藤に文句を云うようで気が引けてしまい、言葉尻が弱くなった。真相を聞きたい気持ちと、小野を信じたいという思いが何重にも交錯している。

「血液型という決定的証拠から見ると、小野さんは罪を犯しておりません。その後、逃走してしまったのは頂けませんが、当時、相当精神的に大変な時期でしたでしょうから、動揺しての行動だと考えれば理解できます。しかし、やはりご自分を宮城峡だ、と仰っていたことには説明がつきません。宮本さんのお話ではお酒を飲みながら食事をし、宮城峡のあるお店に行っていたときはいつも注文してご自身と重ね合わせていたので、大きな意味があるのだとわたしは想像いたしました。しかも、蒸溜所の建設の重要な箇所にはかかわっていないとはいえ、縁はございます。きっと何かある、とわたしは考え続けました」

「どういう意味なんだろうな。宮城峡がなければこんな人生を送れなかったかもしれない、っていう感謝だと考えたときもあったけど、そうじゃないよね」

「わたしもそう思います」

「小野さんは最初に会ったときは昔話をしたけど、それ以外のときは本や酒や旅行の話ばっかりだったから、手がかりらしいものは思い浮かばないな。初めて会ったとき以外で事件の話をしたことはないと思うよ」

「そうだと存じます。伺っていると強盗犯の嫌疑が晴れてからの小野さんは、過去に引き摺られるような方ではなさそうですから。しかし、実は、自分は宮城峡だという言葉はたびたび口になさっていたのではないでしょうか」

「宮城峡を飲むときは乾杯代わりにその言葉があったからね」

懐かしい気持ちがこみ上げてきて、逆に小野を犯人だと思いたくないという岩のような意地を砕いてくれた。小野が犯人だろうが、そうじゃなかろうが、あの日々に偽りはないと改めて思った。そのお陰で、安藤の目と言葉を真正面から受け止めるだけの覚悟を決めることができた。

宮本が座り直して安藤に視線を向けると、

「現場に残されたA型の血液は犯人を特定する最大の手がかりですし、そのせいで小野さんは疑いをかけられました。けれども、逆に云えば、小野さんがA型以外だったら犯人ではない、ということになります」

「うん、事実、小野さんはO型だと判定されて無罪放免になったわけだしね」

「けれども、わたしは小野さんが犯人だと思っております」

店内に流れていたジャズはもちろん、りりりと鳴いていた虫の音も安藤の言葉に切られたように途絶えた。

「いや、でも、血液型が違うんだよ。しかも、先刻、鑑定ミスはなかったはずって安藤さんも云ったよね？」

「はい、申し上げました。その点も間違いではございません」

「ん？　そうすると……どういうことなの？」

「簡単なことでございます。自分のところに不条理な厳しい取り立てがくる。精神の均衡が壊れてしまうほどの酷さです。そのとき、ついに我慢できなくなった小野さんは事務所へ忍び込んで書類を盗むことにしたのでした。しかし、その現場で相手に見つかってしまいます。さらに揉み合いになったとのことでしたから、血液を始めとした証拠をたくさん残してしまいました。けれども、どうして自分ばかりがこんなに酷い目に遭わないといけないんだ、という気持ちになり、現場から逃げてしまったのだと存じます」

　安藤は細く折れた秋の枯れ枝のような悲しげな色を瞳に浮かべた。

「その後、小野さんは東京に逃亡いたしました。そこでお医者さんと出会ったそうですね？」

「うん。そう云ってたね。自分の恩人のように話していたよ」

「恐らくそのときに、小野さんは手術によってA型からO型に変わったのだと存じます」

「え？　そんなことが可能なの？」

　驚いて声が大きくなり、ジャズと虫の音を呼び起こし、店内は騒がしくなった。

「はい。骨髄移植を行ったのだと想像いたします。骨髄移植をすると、血液型はドナーと同じになりますから、きっとO型の方から骨髄移植を受けたのでしょう」

「でも、当時は六〇年代だよ？　骨髄移植って無菌室ってのも必要になるんだよね？　あと、何とかっていう白血球の血液型みたいなのも同じじゃないと駄目なんでしょ？　それに骨髄移植は今でさえも難しいものなのに、設備も技術も未発達だった当時、それができたのかな？」

ミシンのように強く、途切れのない声が宮本の口から安藤に浴びせられた。しかし、安藤は五秒間の沈黙をクッション代わりにして宮本の荒々しい声を受け止めると、

「五七年に世界初の骨髄移植がされたという記録がございます。アメリカの医師、エドワード・ドナル・トーマス氏によって行われたもので、彼はのちにノーベル賞を受賞しております」

「へえ。世界だとそんなに早くから行われてたんだね」

「日本では非血縁者間による骨髄移植は八九年が最初だとされております」

「それくらいのラグがあってもおかしくないかもね。ということは、やっぱり六〇年代に小野さんは国内で骨髄移植を行えなかったんじゃないのかな？」

するとと、安藤はすっと視線を落とすように目を翳らせ、

「事実と真実について、わたしはこう思っております。事実は一つですが、真実は人の数

だけある、と。ですので、歴史的事実としては日本初の骨髄移植は八九年に行われた、ということで間違いございません。けれども、小野さんにとっての真実は、六七年から六九年の間に骨髄移植を行った、ということなのだと存じます」

「で、でも、設備は？」

「小野さんがお世話になっていた医師は、先進的な病院にお勤めだったとのことですから、今ほどではないにしろ、骨髄移植を行えるだけの最低限の設備はあったと存じます。郊外とはいえ、東京だったとのことですので可能性は高いと思います」

「そうだとしても、先刻俺が云ったように、白血球の血液型みたいなのが一致しないと手術はできないんだよね？　都合よくそんな相手がいたとは考えにくいなあ」

「実はわたしもその点について疑問を抱きました。当時としては非道徳的な手術が行われたとしても、まずは白血球の血液型とも云うべきＨＬＡが一致しないといけません。小野さんが逃亡したのと時を同じくして、ＨＬＡの合う方が東京にいらっしゃったとは想像しにくいです。日本の骨髄バンク事業が開始されたのは九二年で当時はございませんでしたから、相手を探すのは厳しかったと考えられます。そもそも、ＨＬＡが合致するのは、兄弟姉妹でさえも四分の一の確率ですし、それ以外の場合だと数百から数万分の一の低確率です。しかし、こう考えてはいかがでしょうか？」

安藤は弱くなってきた夕方の光を摑むような力強い目を宮本に向け、

「小野さんを匿《かくま》った医師は、非公式とはいえ日本初の骨髄移植を行いたかった。そのために、金で釣るなり、弱みを握って脅すなりして、何人かの被験者を自分の下で働かせておりました。そして、その人たちのＨＬＡに合う人を探していたのではないでしょうか。判りやすく順を追って説明いたしますと、まず小野さんが仙台から東京の郊外に逃亡いたします。そのとき、医師に出会います。そして、彼は一時的に小野さんを保護いたしました」

小野を匿うことはその医師にとっては何の利益もない行為である。仮に小野が云っていたように働き手が必要な状況だったとしても、逃走中の容疑者に手を差し伸べるのはデメリットが多すぎる。

宮本がそう思ったとき安藤が答えを云ってくれた。

「医師が小野さんを一時的に匿ったのは、ＨＬＡを調べるためです。仮に自分が抱えている人たちのＨＬＡと小野さんのそれが一致した場合には骨髄移植をさせてくれ。それに同意してくれるならば匿う、と約束したのでしょう。恐らくその医師は、そう簡単にＨＬＡが合致することなどないと思っていたと推察いたします。先ほども申し上げた通り、合致する確率は非常に低いですから。だから、それまでにも多くの人々のＨＬＡを調べては被験者たちと合致しない、ということを繰り返していたと想像いたします。けれども、犯罪に関与している小野さんに限って、ＨＬＡが被験者の一人と一致いたしました」

「そうか。だから小野さんは一年以上も手厚く匿われたんだ。小野さんは骨髄移植をするつもりで東京に逃亡したわけじゃなくて、逆だったんだね。逃げた先でＨＬＡが合致する人がいたから骨髄移植をしたんだ。そしてその医師の悪巧みに利用されたんだ」

「彼は野心家でもあり、モラルを欠いた人でございました。ただ、骨髄移植に対する腕と知識では日本で、いえ、世界でも屈指の人間だったのではないかとわたしは思っております。六〇年代というと、実は世界の最先端の医療機関でも、骨髄移植の成功率は低く、一〇パーセントにも達しておりませんでしたから」

「え？　でも、手術のノウハウはきちんと公表されていたんだよね？」

「はい。しかし、今では当然のようになっているＨＬＡが合致するか否かについて、注目している人が少なかったのです。失敗した例の多くは、ＨＬＡが一致していないのに骨髄移植を行ったという話がございます。ですから、小野さんに骨髄移植を行った医師は人格者ではなかったかもしれませんが、腕に自信はあったのでしょう。ＨＬＡに目をつけ、手術を成功させたのです」

良心的な医師が懸命に難病に立ち向かって苦杯を舐めていたというのに、法にも人道にも反する行為をしていたやつの方が骨髄移植の件では正答を摑んでいた、ということである。何という皮肉だろうか。

「でもさ、その医師にとってメリットが少なすぎるんじゃないのかな？　六〇年代にＨＬ

Aだかに目をつけていた先見性はすごいし、無茶苦茶な手術を成功させた腕も相当なものだとは思うけど……」

「今も白血病は難病の一つです。しかし、六〇年代はさらに深刻だったとお聞きしたことがございます。そんな中、その難病を治せる医師がいる、という噂が広まったとしたらどうでしょう？」

安藤は眉根に細い皺を寄せ、触れれば肌が貼りついてしまう鉄に似た冷たい表情を作ってこう云った。よほど、この話の中心人物となっている医師を嫌っているのだ、ということが宮本にも容易に見て取れた。

「それは……患者さんや親族や友人たちはお金をかき集めて頼むだろうね。違法かもしれない、と知っていても」

「わたしもそう考えました。今ですと、骨髄バンクがあり、ＨＬＡが合えば手術を受けられます。けれども、六〇年代はございませんでした」

「もう少し早くできていればなあ……」

「いえ、実はイギリスでさえも七五年、アメリカでも世界規模の骨髄バンクがスタートしたのは八六年のことでございます。けれども、先ほども申し上げた通り、骨髄バンクがなかった時代でもアメリカでは骨髄移植が行われていたことを考慮いたしますと……」

「なるほどね。小野さんが六〇年代に非公式の骨髄移植を日本で受けた、というのも充分にあり得るってことか」

「その通りでございます。現在では様々な方々のご尽力により、骨髄移植は有名な手術ですが、当時は医療関係者でなければ知らなかったと存じます。もちろん、小野さんもその例外ではなかったと推察いたします。ですから、たとえ医師から手術の内容を聞いても判らなかったのではないでしょうか。それに、小野さんはどんなリスクがあろうとも、手術を受けざるを得なかった。卑怯な医師は小野さんのその弱みにつけ込み、骨髄移植を行ったのでしょう」

「やり方が汚いね。手術が失敗して小野さんや被験者が亡くなっていたらどうするつもりだったんだ」

宮本は久しぶりに自分の顔が怒気で歪《ゆが》んでいるのを実感した。鏡や安藤の反応を見なくても、今、自分の表情が朽ちかけた枯れ葉のように醜く腐っているのが判る。それほどまでにその医師が小野に行ったことは許されないことだと宮本は思った。

「宮本さんが仰ったように、小野さん、被験者、そしてそれを行った医師にもリスクはございます。医師も表沙汰になってしまえば、何らかの罪に問われたでしょう。しかし、医師はそれを承知した上で、骨髄移植を行いました。行ったという経験を得るためであり、骨髄移植を成功させた医師がいるという噂を広めるために、です。そのために小野さんは利用されたとも云えますね。しかし、結果だけ見れば、小野さんは人生をやり直すことができ、何らかの弱みを握られていたその被験者の方も報酬はもらえたでしょうから、救われたということになりました」

「まさに先刻安藤さんが云った、事実と真実だね。事実としては非人道的だけど小野さんや被験者の真実としては救いだったたってわけだ」

『シェリー』そのものが息苦しそうにしているように思えた宮本は、漂っている不穏な雰囲気を払おうとして、わざといつもよりも声を高くして明るく云った。

小野にとっても相手の被験者にとっても、結果的に見ればよい手術だったかもしれない。しかし、これは間違いなく正式な手続きや過程、そして著しくモラルを欠いた行為である。いくら医学の進歩のためとはいえ、医師が小野と被験者の体を悪用し、最先端の手術を行いたいという自らの欲求と好奇心を満たしたようにしか思えない。どういう医師だったのかは判らないし、現在はどこにいて何をしているか知らないが、醜い欲望のままに骨髄移植手術を行った悪行は消せない。本人はなかったことにして記憶から抹消したかもしれないけれども、少なくとも宮本と安藤は記憶に深く刻みつけた。れっきとした冷酷な事実として憶えておかないといけないな、と宮本は心に決めた。

安藤も宮本に合わせて頬に浮かべていた影を消して、操られたような微かな笑みを作り、

「小野さんは骨髄移植で血液型を変え、別の人生をスタートさせようと仙台に戻ってきたのでしょう。しかし、自分は良心を欠いた野心家の医師の誘いに乗ってしまった、と何度

も後悔なさったと存じます」

「強盗犯として逃げていた小野さんからすると、その医師の誘いが悪魔の囁《ささや》きじゃなくて、神からの救いの声のように聞こえたんだろうけど、行ったとしたら問題だもんね」

「悪魔の囁きに積極的に耳を傾ける心無い人が多いのも事実でございます。骨髄移植関連ですと、二〇一七年に逮捕者が出ております」

「え？　小野さんのときはともかく、今は手続きさえ踏めば骨髄移植は合法なんだよね？」

「もちろんでございます。けれども、日本はドナー登録者数が少ないのが現状です。そのため、近年では骨髄移植だけではなく、さい帯血移植というものも行われるようになったそうです」

初耳だった宮本は、安藤を見たまま続きを待った。安藤はつい数秒前の微笑みを完全に顔から消し去り、厳しい目で、

「わたしもお客様から伺ったのですが、さい帯血というのは、母親と赤ちゃんを結ぶ臍《へそ》の緒と胎盤に流れる血液のことでございます。このさい帯血の中には、血液細胞を作り出す造血幹細胞が多く含まれているのだそうです。ですから、移植によって白血病などの血液の難病を患った方の命を救うことができます。骨髄移植と比べますと、さい帯血移植は既に凍結保存されているものが使用されますから、免疫の型が適合するドナーを待つ必要が

ございません。それに、骨髄採取の手術ではドナーの負担がございますし、移植までの時間がかかりますが、さい帯血移植はそういったものがありません」

「そういうのがあるんだね。初めて聞いたよ。いいことばっかりのような気がするけど、逮捕者が出たのはどうしてなの？」

安藤は今までに宮本が見たことがないほどの深い皺を眉間に寄せ、

「さい帯血バンク、というものがございます。骨髄バンクとほぼ同じものだとご想像ください。バンクは提携する医療機関を通し、母親が提供したさい帯血を保管します。そして、バンクは厳重に管理し、依頼があれば白血病患者などへの移植に提供いたします。けれども、一七年に逮捕された人たちが行っていたことは、倒産した民間のバンクから流出したさい帯血をブローカーから入手し、がん治療やアンチエイジングの名目で患者に投与したのだそうです。当然ですが、大きなお金が動いたとのことです」

声の大きさはまったく変わっていないのに、ドライアイスのような凍《い》てついた怒りが滲んでいるのが判った。安藤だけではない。宮本もブローカーへの憎悪を通り越して呆気に取られ、頭の中が真っ白になった。そして、このことを小野が知ったら何と云うだろう、と想像して、暗澹《あんたん》とした気分になった。

「医療に限らず、お金に困っている人や病気で苦しんでいる方々の弱みにつけ込んで、私腹を肥やそうとするのは人間の行うことではないとわたしは思っております」

「悪魔にも劣る人間、というのはそういう人たちのことを云うんだろうね。正当に救われる命があるはずなのに、その人たちはそれを奪っているわけだから、殺人に等しいよね」

「わたしも同じ気持ちでございます。近年でもそういう悪質な医療行為を行う輩がいたことを考慮いたしますと、小野さんが骨髄移植をした際も似たようなグループがあったのではないか、と考えられます。先ほどお話ししたように最初の手術は五七年に行われておりますし、当時の医学誌には詳細が載っております。ですから、倫理的に許されないことであり法に触れることであったとしても、骨髄移植を行うことができた医師が東京にいたという可能性は大いにあった、とわたしは思います。それに、人間の弱みにつけ込んで、金儲けや自分の技術を試そうとする嫌悪すべき人たちが今も昔も一定数はいる、というのが実情でございます。宮本さんの話を聞き終え、真相らしきものを探り当てたとき、真っ先に思い浮かんだのがこの感想でした。真面目に医療に取り組んでいる人たちを平気で踏《ふ》み躙《にじ》る醜悪な欲望の塊のような人は、きっと小野さんが骨髄移植を行ったときにもいたのだろうな、と」

陽が沈んで外が寒くなってきたせいで、宮本の左手の窓が薄っすらと曇り始めている。暗い過去と現代の暗部を覗いたことで、楽しそうにウイスキーを飲んでいた思い出の中の小野の横顔もぼんやりと霞《かす》んでしまい、曇りガラスの向こうにしか思い出せない。

「話を戻すことにいたします。小野さんは骨髄移植手術を行ったため、体は同じでも、血液型、という点だけを見ると、生まれ変わったかのようにA型からO型へと変化しておりました。出生したときが小野さんの本当の誕生日です。けれども、血液型が変わって、動けるまでに体が回復し、さらに強盗犯の嫌疑から完全に逃れたとき、小野さんはまったく別の人生を生きることになったのでございます。それが一九六七年から一九六九年までの間のことで、ちょうど今の宮城峡蒸溜所、つまり仙台工場が建設途中だったのだとわたしは推察いたしました」

「そうか。それが小野さんが自分は宮城峡だと云っていたもう一つの理由か。骨髄移植が奇跡的に成功して血液型が変わったことと、逃亡から帰ってきたときに宮城峡蒸溜所が建設中で、そこで働きながら蒸溜所と共に一から歩むことができたこと――この二つが合致したから小野さんはあんなことを云ってたんだ。時系列で云えば、『小野さんが強盗をする』、『逃亡する』、『手術を行って血液型を変える』、『宮城峡蒸溜所の建設にかかわって完成を見届ける』、『その後別の職種に移った』っていう流れなんだね。大まかな年数しか出てこなかったからそのことに気づかなかったよ」

宮本が一気に云い、安藤を見た。安藤は先刻までのひりついた表情を棄て、はい、と柔らかな笑みで頷くと、

「お話を伺う限り、当時の小野さんはそこまでウイスキーに興味がなかったようですから、宮城峡蒸溜所の建設のための求人を見たのは偶然でしょう。働き始めはニッカの第二蒸溜

所の建設に携わっているという感動よりも、何とか生活をしなければいけないという気持ちの方が強かったでしょうね。けれども、手術をして血液型を変え、新たな人生を歩もうとしたとき、ちょうど地元でウイスキー蒸溜所の建設が始まり、手術後の自分の生活と共に着々と立派な建物が出来上がっていくのを見た小野さんの感激は、わたしたちが想像もできないほどのものだったと存じます。きっと一から宮城峡蒸溜所の歴史を築きあげることに大きな喜びをお持ちになったでしょう。何よりも、血液型を変えて一から人生をやり直そうとしている自分と似たものをお感じになったのかもしれません」

「新川の名前を知らなかった竹鶴政孝さんが、あの場所に宮城峡蒸溜所を建てることにした逸話と似ているなあ。偶然が大きく人生を変える、か」

「はい。きっと小野さんは似たような宿命をお感じになられたのだと思います。一九八九年に宮城峡の十二年ものが出たとき、小野さんはとてもお喜びになられたと思います。本格的には携わってはいないけれど、あのとき建設を手伝っていた蒸溜所の第一号がリリースされたわけですから。ただ、一方で、ご自分のなされた罪の苦味や、違法な手術を受けてしまったという悔恨を思い出したのではないでしょうか。すると、小野さんが自分は宮城峡だ、と仰っていた理由がより深く判ってまいります」

「人のいい小野さんは自分を赦《ゆる》し切ることはしなかったんだね。自分を宮城峡だと云い続けることは、当時のことを決して忘れないようにするためだっただろうから」

「自分を宮城峡と称することは、小野さんにとっては血液型を変えたことを公言しているようなものでした。でも、血液型を変えて人生をやり直したのと同じ時期にできた蒸溜所のウイスキーが世界の名立たる賞を受け、評価を高めていく過程を見守って宮城峡を飲み続けることは、生きる希望のようなものだったのではないかとわたしは思っております。ウイスキーはゲール語で『命の水』を意味しますから」

話し終えるのを待っていたかのように、窓を暗い雨が叩いた。ガラスに貼りついた雨粒のせいで、『シェリー』から見える国分町の燈が花火のように散って見える。だが、豪華な夜景というよりは、小野の通夜の席に見た花輪に似ていた。知り合いも家族もほぼいなかったから花輪も寂しいくらい少なかったが、それでも宮本には秋という季節の翳りとともに去っていく小野の後ろ姿が見えた気がした。

宮城峡ではなく、『シングルモルト仙台宮城峡十二年』表記のボトルはまだ市場に出回っているだろうか。一瞬、手に入るかどうか安藤に訊こうとした。けれども、首を左右に振ってその考えを消した。何故なら、宮本にとって小野は『シングルモルト仙台宮城峡十二年』ではないし、ましてや犯罪者でもなく、唯一無二の宮城峡だからだ。過去に何があろうが、小野は小野であり、他の誰でもない。強盗を犯したことは許されないことであるが、もう時効を迎えている。それに、小野はきっと普通の罪人以上に苦しんで、罰は受け続けた。そうでなければ、自分を宮城峡だと云い続けることはできないだろう。

「最後に宮城峡をもう一杯もらおうかな」

「かしこまりました」

安藤が宮城峡のボトルを手にして、いつもの動作で一点の曇りもないグラスにウイスキーを注ぎ、チェイサーと加水用の水と一緒に宮本の前に置いた。

「安藤さんのお陰でやっと心の底から小野さんを追悼することができるよ。ありがとう」

「いえいえ。少しでもお役に立てたなら何よりです」

「これは小野さんに、ということで。酒は百薬の長って云うし、宮城峡が小野さんの罪悪感を少しでも和らげる薬だったと思いたいもんだね」

「はい。わたしもそう願っております」

湖底に沈んでいく枯れ葉のように優しくゆっくりと安藤は答え、小さく唇を広げて笑った。

軽くグラスを掲げ、一口含む。相変わらず草原のような爽やかさがあるのだが、小野の話をしたあとのせいか、甘く悲しい郷愁に似た匂いを嗅ぎ取った。もしも小野の死に香りがあるとしたら、宮城峡特有の高原の空気と、この切なく甘い匂いがそうなのだろう、と宮本は思った。

夕方の色彩をあっという間に溶かした秋の夜は、枯れ葉色をしている。定禅寺通を行き交う車は多く、ヘッドライトが闇を破っているものの、夜は並木が作る枯れ葉の天上の色の方が強い。さらに微かな雨が暗さを上塗りし、秋の物悲しさが思い出させる寂寥感《せきりょうかん》だけが何か意味のある言葉のように窓外の夕闇の中に転がっていた。

ゆっくりと宮城峡を飲み終え、

「ご馳走様。今日も美味しかったし、何よりいい話が聞けたよ。ありがとう」

会計を済ませると、安藤がカウンターの中から出てきて、門扉を開けてくれた。ざわっと冷たい空気が全身を舐めた。

「こちらこそ、興味深いお話、ありがとうございました。どうぞお気をつけて。またのお越しをお待ちしております。もしもお邪魔にならないようであれば傘をお貸しいたしますが、いかがなさいますか？」

「ありがとう。でも、そんなに降ってないし、何となく傘を差す気分じゃないから」

そう云って階段を下りると、虫の音が耳に飛び込んできた。傘が不要な程度の煙雨は、オフィスの敷地内にある花壇やプランターを撫でている。宮本の目には、秋の夜を盛り上げる虫たちを労うように見えた。また、『シェリー』にいたときには枯れ葉が季節を後押ししているように見えたが、灰色の雨はまだ早い時間なのにあたりを深夜のような暗さにしている。

傘を差すほどではない小雨を受けながら、宮本はちらっと左手の腕時計に目を落とした。午後七時前である。まだAブックスは営業している。

小野の面影をAブックスの店内に追おうとしている自分は感傷的すぎるかもしれない、と思いつつも、自然とアーケードに向けて歩き出していた。あり得ないことだが、もしかしたら小野が店内のどこかにいるかもしれないな、と思ってしまう。

定禅寺通に出ると、宮本に傘を勧めてくるようにコンビニが何軒も目についた。しかし、立ち寄って傘を買う気にはならなかった。初めて小野と杯を交わしたときと同じ微かな雨が思い出の欠片《かけら》のように思え、宮本は濡れることを選んだ。入店のときにハンカチで薄手のジャケットについた雨粒を拭えば、Aブックスには迷惑をかけないだろう。

宮本は黒いストールを巻き、そこに顎《うず》を埋めながら霧雨の中、Aブックスへと歩を進めた。足を進めるたびに、『シェリー』で飲んだ宮城峡が残響として体に染み渡っていっているのが判る。そのせいか、網状の皺を顔中に作り、歯を零しながら笑っている小野が隣にいるように思えた。

何故、アランが
狙われたのか？

マスターの独り言

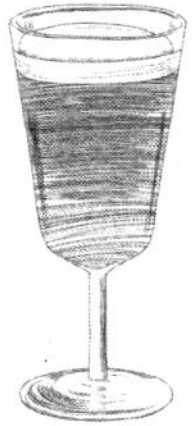

足つきのグラスを熱湯で温め（グラスが割れないよう熱湯は少しずつ入れる）、生クリームは七分立てくらいにホイップして冷蔵庫で冷やしておきます。

淹れたてのコーヒーに中ザラ糖を入れてよく溶かします。

グラスのお湯を捨て、水気を拭き取ったらウイスキーを入れてよくかき混ぜてください。

ライター等でウイスキーに火を付け軽くフランベしたら、そこに熱々のコーヒーを注ぎ入れ、ホイップした生クリームを、スプーンを使い静かに浮かべます。

刻んだオレンジピールを表面に振りかけて出来上がり。

アイリッシュ・コーヒー

材料

アイリッシュウイスキー
ジェイムソン15ml
コーヒー160ml
中ザラ糖小さじ1杯
生クリーム20ml
オレンジピール1片

一言POINT

冷やした生クリームと熱々のコーヒーを用いて温度のメリハリをつけると美味しさがアップします。

「お待たせしました。アイリッシュ・コーヒーでございます」

生クリームの白とコーヒーの黒が見事な対比を描き、地層のようになったグラスが木下《きのした》の前に出てきた。生クリームが絶妙なバランスでコーヒーの上にのっているので、安藤がいつも以上に慎重な手つきで置いた。木下にとって『シェリー』のアイリッシュ・コーヒーは特別なものだから、脆《もろ》いものを扱っているような安藤の差し出し方は嬉しい。

ウイスキーをアイリッシュではなくスコッチを使えばゲーリック・コーヒーに、バーボンを使用すればケンタッキー・コーヒーに、カルバドスを用いればノルマンディ・コーヒーと名前が変化する面白いカクテルだ。

レシピは簡単なものの、フランベで綺麗な炎を立たせ、さらに黒いコーヒーの紳士が白いハットを被ったように綺麗な形のものを作るのは容易いことではない。何百、何千杯と作っているはずの安藤でさえも、温度によって最初のフランベがなかなかうまくいかないときもある。それが成功しても、生クリームをコーヒーの頭に流し込むのは見ている木下の方もいつも緊張してしまう。安藤はさらっとやってのけるが、下手なバーテンダーがやると白と黒の境目が曖昧なものになってしまい、美しさが損なわれる。カクテルは味と同じくらい見た目も大事な飲み物だ。カフェオレのような色になってしまっては、アイリッシュ・コーヒーとは呼べない。

「頂戴します」

木下は安藤に告げてから、ゆっくりとグラスに口をつけた。コーヒー専門店に毎日挽《ひ》いてもらっているだけあって、漂ってくる空気が品格のある茶色に染まっているかのように香ばしい。だが、いつまでも漂っているような執拗《しつこ》さはない。すっと訪れてはさっと去る旅人に似ている。口をつけると、滑らかな生クリームとコーヒーのほろ苦さがお互いを讃《たた》え、木下の口の中で談笑しているようにバランスが取れている。どちらかが強いと喧嘩になってしまうだろうが、ここのアイリッシュ・コーヒーは平和的だ。

コーヒーの馨《かぐわ》しさに少し遅れてジェイムソンの匂いも嗅覚に話しかけ始めた。穏やかで控え目でユーカリ油のような香りが漂ってくる。『シェリー』のアイリッシュ・コーヒーはアイリッシュのジェイムソンを使っていて、生クリームとコーヒーとの相性がいいな、と木下は飲むたびに思う。アイリッシュ・コーヒーはアイルランドのウイスキーならば何を使っても構わないし、実際に木下は、たまには別のアイリッシュを使ってみてくれませんか、と頼んで安藤に作ってもらったことがある。それはそれで悪くはなかったのだが、ジェイムソンが一番だということに落ち着いた。やはりこれが仙台の北風で凍りついた体を一番温めてくれる気がする。ジェイムソンはモルトとグレーンをブレンドしたウイスキーで、穏やかなアイリッシュらしく、滑らかでシロップっぽさがある。それが生クリームとコーヒーと調和して、最もよいバランスにしているのだろう。ジェイムソンが、世界で飲まれているアイリッシュの四分の三であるのも納得の、よくできたウイスキーである。もちろん、アイリッシュ・コーヒー以外の飲み方をしても、オイリーさとフルーティーさが味わえる銘酒だ。アイリッシュ部門ではナンバーワンであり続けているし、他のウイスキーに比べて高いわけではなく、こうしてアイリッシュ・コーヒーにも気軽に使えるのだから、非の打ちどころがない。

「嫌な苦さじゃないですし、生クリームとよく合ってて美味しいです。それに、まだ綺麗に二色に分かれているっていうのはすごいですね」

木下は小学生のころに父親のコーヒーを飲んで、文字通り苦い思いをしている。だから三十一になっても積極的に飲もうとはしない。仙台では知らぬものがいない沢井《さわい》という宝石店に勤めている手前、取引先でコーヒーを飲まざるを得ないときがあるが、そのときも砂糖とミルクをたっぷり入れる。しかし、ここのアイリッシュ・コーヒーは、今は雪の下で春を待っている山菜のようなほろ苦さがあるし、香りが高くてそれさえも気にならないことが多い。何より、飲み続けていても白と黒の対比が目を楽しませてくれて、長時間堪能できる。

「お褒め頂きありがとうございます。たまに失敗して作り直すこともあるんですが、今回は成功してよかったです」

安藤は謙遜したが、失敗したところは見たことがない。透明なグラスをいつも綺麗に二色に分ける。今日のように鋭く窓を切りつけている風の音を聞いていると、目では捉え切れない透明な刃物がアイリッシュ・コーヒーを二色に切り分けたように見える。

木下の左側の大きなガラス窓は、午後四時を少し過ぎただけにもかかわらず暗く、仙台らしい鼠色《ねずみいろ》の空とちらつく粉雪を映している。久しぶりに平日に休暇をもらったので、北四番丁《きたよばんちよう》の老舗の小さな映画館で全国でもほとんど上映されていない香港映画を観て、昼食に駅の東口近くのお気に入りの店でラーメンを食べたあと、サンモール一番町商店街の本屋を数軒回り、バタバタしていて購入し損ねていた本を買って、終着駅に『シェリー』を選んだのだった。

木下がアーケードのあたりを歩いていたときはそれなりの陽光があった記憶があるのだが、冬空に吸い取られたように明るさは淡くなり、既に暮色が降りてきている。辛うじてパステル画の色彩を保っていた定禅寺通も、店や常緑樹も色を喪《うしな》って、今はどんよりとした水墨画に変わっていた。バックバーの薄オレンジ色のライトに温もりがある分、窓の外の荒涼とした風景が目に圧迫感を与えてくる。さらに、仙台の冬ならではの北風が窓を軋ませ、吹き上げた塵芥《じんかい》を使って切りつけてきた。生まれも育ちも仙台の木下はこの街を愛しているが、真冬の強風だけはいつになっても慣れないし、好きになれない。昼はマフラーが暑苦しいくらいだったのに、アーケードから『シェリー』に来る途中ではそこに顎を埋めなければいけないくらいの冷たい風になっていた。

風と寒さでカタカタと震えている窓の近くで、温かいアイリッシュ・コーヒーを飲むのは贅沢な気がして木下の頬がつい緩んだ。しかし、十二月の寒さは容赦なくアイリッシュ・コーヒーからも熱を奪い、最初は息を吹きかけながら飲んでいたにもかかわらず、もうそうしなくてもいい温度になってしまっている。こうなると、完全に冷える前に飲むのがいい。コーヒーのほろ苦さ、生クリームのほんのりとした甘さ、フランベされて引き出されたジェイムソンの香り——この三つが飲みやすい温度の中で、美味しい、という輪郭を作って確かな満足感を木下に与えてくれた。

「今日も美味しかったです」

「お褒め頂きありがとうございます」

並びのいい歯を見せて安藤は微笑し、グラスを片付けた。暗い雲を貼りつかせ、不機嫌に怒っているような空とは対照的な優しい手つきだった。

「こういう寒い日にアイリッシュ・コーヒーは最高ですね」

「さすが木下さん、鋭いですね」

「え？」

「アイリッシュ・コーヒーは戦前、アメリカとイギリスを結ぶ水上飛行場で考案されたものなんです。当時は今とは違い航空機も未発達でしたから、大西洋の途中のアイルランドとカナダの間で燃料を補給しなければいけなかったそうです。今では考えられませんが、プロペラ飛行艇を使っていたそうで、航空機の内部の暖房もよくなかったみたいですし、水上で燃料補給を行っていたため、乗客は安全のためボートで移動して陸上待機させられたそうです」

「そうなんですか？　でも、もしも天気が悪ければ……」

安藤は、はい、と云って木下の方に体を近づけた。

「港の天候が悪ければ、旅客機の乗客はレストハウスに着くまでさらに凍《こご》える思いをすることになります。そこで燃料補給の待ち時間にお客様に温まってもらおうと考案されたのが、このアイリッシュ・コーヒーだと云われております。その後、大西洋の航空路の中継地となったシャノン空港で提供されるようになり、世界中に広まったそうです」

明度を落とした光が長袖の白いシャツを刀剣の抜き身のように光らせていて、安藤の次の言葉に鋭さを持たせた。鋭いのは木下ではなかった。切り口を作ったのは木下の何気ない疑問の切っ先だったものの、ちょっとした話から豊富な知識という空気を入れて話題の風船を膨らませることができる安藤の鋭敏さである。

「カクテルにしろ、ウイスキーにしろ、そういう歴史的背景があるのは興味深いですね」

「仰る通りですね。だからこそ、人は惹かれるのだと存じます」

「今の話を聞いて思いましたけど、アイルランドとカナダの間で待機、というのは辛そうですね。夏はともかく、冬は。この間、大崎八幡宮《おおさきはちまんぐう》の近くのアパートで天井のスプリンクラーが誤作動を起こして、全部の部屋が水浸しになったそうなんですよ。友人が被害に遭ったんですけど、絨毯《じゅうたん》がぐしょ濡れで寒くて死にそう、と云っていたのを思い出しました。たまたまなんでしょうけど、同じくらいのときに他のマンションでも似たようなことがあったようで……冬場に部屋が水浸しになるなんて、考えただけで寒気がします」

「それは災難でしたね。水に濡れると黴《かび》が生える危険もありますし、どの素材のものにも悪影響を及ぼすから恐ろしいですね。何年か前、木下さんのご友人と同じく、S県の楽団が突然スプリンクラーの放水を受けて大変な目に遭ったそうです。楽器を完全に修復できればいいんでしょうけど、部品がもうないということもありますし、音が変わってしまうこともあるとお客様から聞いたことがございます。不運としか云いようがないですね」

くすんで頼りない北国の冬空のような顔色になって安藤が云った。楽団に知り合いがいるわけではないだろうが、安藤は心を悼《いた》めているようだった。安藤はどんなに大金や時間をかけても取り戻せないものを大事にする。それはきっとウイスキーを始めとした酒文化がそうだからだろう。もちろん、安藤はスポーツや音楽といった文化についての造詣も深い。そういったものに共通しているのは、一度失ったら取り返しのつかない文化である、という点である。木下もまったく同じ考えだから、安藤の気持ちがよく判った。

明るい話題ではなかったせいか、心なしか時間よりも店内が仄暗く感じられる。歴史あるウイスキーたちが古めかしい静寂を発していて、冬の早い夕暮《ゆうぼ》の予感が定禅寺通の騒音を遮断し、その薄っすらとした陰影が『シェリー』に墨色の薄物をかけて労《いた》わっているように見えた。

薄暗い分、ゆったりとした閑静な時間が『シェリー』に流れている。時間は見ることも摑むこともできないが、こうしていると、その中に浸っていると感じることができた。木下の職場は過酷な労働もないし、残業もないので時間に追われることは少ないものの、砂嵐のように忙《せわ》しなく出勤と帰宅を繰り返している人々に交じっていると、こちらまで焦ってしまう。驟雨《しゅうう》にも似たノイズは都市が瓦解《がかい》しているような気もして落ち着かない。日本中、通勤や帰宅ラッシュがある場所はどこもそうだろうが、遠い昔に滅びた国の残響のように聞こえる。しかし、『シェリー』は時間の奔流からも人々の喧噪《けんそう》からも切り離され、どこでもないところを浮遊していて、木下は心地よかった。

雪を孕んで濃くなっている灰色の雲と押し問答をしているビルの群れが、空を狭く閉じ込め、陽の光はこれから訪れる厳しい夜の寒さを予感するように小さく萎縮している。こういう日は内側から体を温めてくれるウイスキーがいい。それに、木下にはあるウイスキーを飲みたい理由があった。

「アラン十年をお願いします」

「承知いたしました」

安藤は室内の壁側にある棚に目を向けた。窓から一番遠い棚だからか、洞窟のようなひっそりとした閑寂さがある。安藤はそちらに足を向け、暗がりから秘宝を取り出すような丁寧な手つきでアランのボトルを出した。

アランは一九九五年に蒸溜が始まった蒸溜所である。もう三十年前のことだから昔のことのように思えるが、他のウイスキーと比べるとまだ若者に近い。今はクラフト・ディスティラリーと呼ばれる小規模な蒸溜所が世界中にできていて、その単語が当たり前のように使われている。だが、アランが生まれたときはクラフト・ディスティラリーという呼称は定着しておらず、マイクロ・ディスティラリーと呼ばれていた。そのときは今のようなウイスキーブームは巻き起こっておらず、どうなるかと思われていたものの、質のよさが認められ、今となってはなかなか入手できない銘柄となっている。木下もアランに魅了された一人で、一九九九年十二月三十一日と二〇〇〇年一月一日に樽詰めされ、十三年の熟成を経て七千八百本限定で発売されたミレニアムカスクは家宝のように大事に持っている。大切に保管しているのは実は二本目で、最初のものはあっという間に飲み切ってしまった。バナナやパイナップルといった甘い果物のような風味と味わい、とろんとした柔らかい口当たり、チョコレートを食べたあとのような余韻、と木下の好みのど真ん中だった。それからというもの、アランはできる限り、飲むようにしてきた。このアラン十年はそういった特別なものではないため、白地にＡｒｒａｎと10という文字が青みがかった色で大きめにプリントされている以外は、小さく蒸溜所の説明などが入っているだけの素っ気ないものである。けれども、とても一九九五年にスタートさせたばかりとは思えないほどの風格がある。

安藤はアランを手にしてカウンターに戻ってくると、銀色のメジャーキャップに丁寧に注ぎ、ゆっくりとグラスに落とした。淡い金色をしたウイスキーが微かな波を立てて小さな翳を表面に刻み込みながら、木下の前に出てきた。

「アラン十年でございます」

「ありがとうございます」

安藤とアランのボトルの両方に会釈をしてから、木下は鼻にグラスを近づけた。メロンのような匂いが木下を陶酔させる。それだけでなく、口に含んでじっくりと香りを楽しんでいると、クリームと洋ナシを合わせたようなコクを感じさせる芳香が鼻腔を擽り、舌には余韻の長い上品な甘さを残してくれた。

「やっぱりいいウイスキーですね。創業したときはウイスキー業界が活況じゃなかったんで不安でしたけど、いいものを作っていれば必ず評価されるんだな、と思わされますね。順調にファンを増やしている理由が判ります」

「木下さんの仰る通りですね。アランはアラン島というところで作られておりますが、約百五十年、蒸溜所はございませんでした。アラン島に蒸溜所ができるのは百年以上ぶりですから、当時は復活に不安の声があったそうです。しかし、今は高い評価を得ていますし、木下さんのような熱烈なファンもいらっしゃる。ラグという第二蒸溜所もできましたし、アラン島のウイスキーの未来は明るいと存じます」

「そうだといいんですけど……」

つい、木下は語尾を濁らせてしまった。ある記憶が、口の中に充満しているアランの美味しさを曇らせたのである。

「何かございましたか？」

「あの、安藤さんはアラン蒸溜所の初代マネージャー、ゴードン・ミッチェルさんの直筆サイン入りボトルって飲んだことありますか？」

木下はスマホを出して、そのボトルの写真を安藤に見せた。

このボトルの最大の特徴は、今木下の目の前にある十年ものと違って、ラベルが華やかな点である。しかも、ローズピンク色をしたラベルの上部にアラン蒸溜所のマネージャーのサインが入っている。ウイスキーに限らず、イベントなどで販売される飲み物には有名人のサイン入りはよくあるが、マネージャーのものは珍しい。それだけ味に自信があるのだろう。

安藤は僅かに首を捻り、

「アランは木下さんがお持ちになっているミレニアムカスクや、二十五年熟成の木箱に入った高価なもの、逆に年数表記のないお手頃なもの、とたくさんのものが出ております。恐らく、これもその中の一本だと思いますが、わたしは飲んだことがございません。お役に立てず、申し訳ありません」

薄いヴェールをかけたような翳を表情に落として答えた。木下は、いえいえ、と云ってから、

「知っている人も少ないでしょうし、僕が見たのも本物かどうか怪しいですから」

「どこでご覧になったんですか？」

「お店のお得意さんの旦那さんでウイスキー好きの方がいらっしゃって。ウイスキーのコレクターなんだそうです」

「木下さんのお勤め先は素敵なジュエリーを扱っているお店でしたよね？」

「はい。ですから、お得意客となると、そのご夫婦のようにお金に余裕のある方が多いんです。それで、『旦那の知り合いが有名なウイスキーのサイン入りのボトルを先日手に入れたんだけど本物かしら？』と訊かれまして……当時はそれなりの数が出回ったものかな、と思ったんです」

多少落ち着いてきているとはいえ、まだ世界的にウイスキーブームは続いていて、八〇年代や九〇年代のウイスキー不況の歴史は遠い過去に葬り去られたかのような状態である。

木下がたまに酒屋のホームページを覗くと、現実味のない高い値段のつけられたウイスキーが目に飛び込んできて、時代の裏に隠された蒸溜所の閉鎖や休止が相次いだ歴史の暗部を消し去ろうとしているような気もしていた。このアランも発売当時は定価が一万円もしなかったのに今はその何倍もの値段で取引されている。そういうのを見ると、健全ではないし、ウイスキーそのものを愛している人々がそれを受け入れているとは木下には思えなかった。

しかし、ウイスキーを含めた文化は経済に屈し、嘘のために真実は眠らされてしまうことが多々ある。もしくは、貨幣が文化を押し潰し、ウイスキーを、その蒸溜所が背負っている歴史や矜持や中身の良し悪しではなく、金銭的な価値だけで評価する人たちが多数になってしまう恐れもある。そういった紛《まが》い物にウイスキーの真実の一滴が敗けるのを見たくはない、と木下は思った。

「先ほどのボトルはサインが印刷ではなく、直筆のようですから、出回った本数は少なかったと思います。昔買った方が何らかの理由で飲めなくなり、売られたものを木下さんのお客様のお知り合いがご購入なさった可能性はあるかと存じます」

「そうですか。やっぱり推測になっちゃいますよね」

「そのボトルがいかがしましたか？」

興味に目を輝かせた安藤がそう訊いてきた。黒くて艶のある髪同様に、張りのある声をしている。

その無邪気な安藤を裏切るような話をしてしまう後ろめたさが、木下の視線を外へと向けさせた。安藤は幅広い話ができる人だからどんな話題を出しても楽しげにしてくれるが、やはり目が輝くのはウイスキーに関する話のときだ。しかし、今、木下が話そうとしているのは同じウイスキーの話でも、少々、厄介なものなのである。

「安藤さんは冬になってから仙台で放火が二件あったのはご存じですか?」

若干、意表を突かれたような隙ができたものの、安藤はすぐに思い出したらしく、

「はい。仙台は人口が多いですから犯罪もそれなりにございます。小さな放火もありますね。全国ニュースを見ていると、連続放火事件というのもあるのでそこまで珍しいものではないかもしれません。しかし、仙台で、となるとそうはないのでよく憶えております。十一月下旬に国見《くにみ》で、十二月の頭には八幡《はちまん》のお宅が火事に遭ったという報道を目にいたしました」

「その二件なんですけど、実は共通点があるんです。どちらの家にもゴードン・ミッチェルさんのサイン入りのアランがあった、という共通点が」

視線の先に広がる無地の灰色の空には、アラン十年の芳醇《ほうじゅん》な香りが導く華やかさを思い描く余地はなかった。木下が思い出していたのは、放火事件という単語の持つ、焦げ臭くて暗い影だった。

※

「それで、うちの人も『あのとき当たらなくてよかったな。放火なんてされたら堪ったもんじゃない』なんて掌を返したってわけ。笑えるでしょう？」

ピンク色のカーディガンを羽織った朝里《あさざと》は、切れ長の目と細い弓のような眉を細かく動かして笑った。和服ならば、白髪交じりの頭髪や六十二歳の年齢が浮かばせる小皺を調和させてくれるのだろうが、今は実際の歳よりも老けて見えた。白を基調にした店内は宝石店らしい洒落た雰囲気で包まれているので、朝里の裕福で幸福そうな明るい声色はよく馴染んでいるものの、服装と朝里自身にだけ焦点を絞ると違和感が木下の胸に広がった。品のいい柔らかい笑い方だけが救いだった。

しかし、そんなことを客に向かって云うことはできないし、そう思っていると悟られるのもまずい。木下は顔に明るい照明を吸収するようにして笑みを作って、

「前々からお聞きしていましたけど、ご主人はウイスキーが本当にお好きなんですね」

「ブームが来てから接待でバーに行くようになったのよ。だから、俄《にわか》ってやつですよ」

朝里は云って、海の底の小石のような形をした瞳を輝かせた。お得意様の話の相手をするのは商売柄仕方ないことだし、ウイスキーのことなので少しくらい長くなっても構わな

いと木下は思った。

「それにしても、二件の放火は痛ましい事件でしたね。しかも、両方の家にサイン入りのアランがあったというのは驚きです」

「ほんとよね。わたしはよく判らないけど、特別なものなんでしょう？　ってことは犯人はウイスキーに詳しいってことなのかしら」

朝里は怪訝《けげん》そうな顔になって、

「放火でそのお宅にあった二本のウイスキーは駄目になっちゃったのよね？　なら、あの抽選から漏れた人が妬《ねた》んで……ってことも考えられるわね」

あの、というのは二年ほど前に、市内のホテルで行われたウイスキーフェスのことである。仙台には世界的にも知名度の高いニッカの第二蒸溜所である宮城峡蒸溜所があるから、ウイスキーのファンが世界中から訪れる。それに加えてウイスキーも文化として定着してきた。だから、二〇一七年に伊達美味《だてうま》ウヰスキーフェス２０１７というものが行われたのである。

それ以来、ちょくちょくと仙台でもウイスキーにまつわるフェスが行われるようになった。ニッカやサントリーなどが主催となる大きなものから、少し怪しげな団体がパーティーの延長線上で行うようなものまで、ウイスキーに関するイベントは数多く開かれているようである。その中のある集まりでくだんのサイン入りアランが四名に当たる、という企画があったのだった。ただ、申し込みが殺到したため、抽選となり、当日は異様な盛り上がりを見せたらしい。

とはいえ、それが本物かどうかは判らない。アランの正式輸入代理店であるウィスク・イーがそのイベントに関係していれば真正だということになるし、ゴードン・ミッチェルがサインを入れた証にもなるのだが、ウイスキーファンが勝手に行ったものなので真偽《しんぎ》は不明のままなのだ。けれども、元々アランは世界でも評価されている銘酒だし、手に入れたいと思った人が多かったのも頷ける。木下は、飲まないと意味がないしウイスキーに失礼だと思っている人間だが、このイベントに参加した人たちのようなコレクターの気持ちも判る。ウイスキーに限らず、心ある人たちが丹精して作った酒はラベルにも拘りのあるものが多い。アランの特別ボトルの数々はそうであるし、サイン入りとなればウイスキー好きの欲望を擽ったのも理解できる。

「当選した人に嫉妬して、という線はあり得るかもしれませんね。でも、当選者を特定するのは難しい気がしますけど。氏名はともかく、住所や携帯の番号といった細かい個人情報までは……」

「ところがね」

朝里の目が季節外れのタンポポが開花をしたかのように煌めいた。一枚板のテーブルに朝里はスマホを出して、ここで買ったジュエリーを瞬かせながら画面を操作し、木下に見せた。そこには三十名ほどの名前が記されている。

「この二十七人があの抽選に応募した人。ほら、ここに外れたうちの主人の名前があるでしょ？」

薄ピンクのマニキュアを塗った指が、朝里、という苗字を示した。確かにハズレのところに朝里の名前がある。

「この名簿はどこから手に入れたんですか？　今は個人情報について厳しいですよね？」

「正式なウイスキーフェスだったらこんなこと絶対にないわよ。あのイベントはウイスキー好きが勝手にやったって云ったでしょ？　その中にわたしの知り合いがいたのよ。で、うちの主人が抽選から漏れて悲しんでる、なんて冗談めいて云ったら、このリストを見せてくれたからつい、スマホで撮ったってわけ」

本人は罪悪感はないし、見せた人も深刻なことだとは考えていなかったかもしれない。だが、現在はプライバシーについて厳重に扱われるのが常識だ。これが発覚すればそのイベントは二度と開かれないであろう、重要な瑕疵《かし》である。

しかし、木下もつい画面に目を落として、当選者四名の名前を拾い上げた。中村《なかむら》という五十代の会社員男性、ウイスキーについての知識が豊富そうな六十代の柳澤《やなぎさわ》、三人目の矢野《やの》は三十二歳の女性で、最後の一人は永田《ながた》という七十代後半のいかにもウイスキー好きっぽい老人だった。

「この中で放火の被害に遭ったのは……？」

木下が記憶の糸を手繰っていると、

「最初に被害を受けたのは柳澤さん。次が永田さんね」

「よくご存じですね」

「好奇心が疼《うず》いたってやつよ。他の人には黙っていて頂戴ね」

微笑と一緒にそんな言葉を唇から流し出して、スマホを赤い革のポシェットに入れた。

憎しみや嫌悪感よりも恐ろしいのは無関心である。これだけ個人情報が流出し、悪用されているにもかかわらず、朝里はその点を考慮せずに無邪気に他人のプライバシーを覗き、挙句の果てには木下に見せている。本人が無頓着な分、タチが悪いと木下は思ったし、自分もその罪に手を貸していると思うとぞっとした。

「ちょっと他のものも見ていいかしら？」

「――あ、はい。どうぞごゆっくりとご覧くださいませ」

朝里の声に我に返った木下は、白い照明が強めの眩《まばゆ》い店内を見ながら微笑んだ。

多くの店が犇《ひし》めく仙台のアーケード街にありながらも、木下の働いている宝石店は老舗だけあり、歴史の長さに比例して広い。灰色く澱んだ冬の空気が窓の外に流れているが、その暗澹とした雰囲気を漂白するように店内のライトが室内いっぱいに溢れている。広さなど関係ない、と云わんばかりに最新のＬＥＤライトがガラスケースの中のジュエリーに光を投げかけ、輝きの川をそこら中に流していた。ガラスケースにはリング、ネックレス、ブローチ、チョーカーと様々な種類の装飾品が並んでいて、クラシックが響く静かな店内に生き生きとしたざわめきを作っている。

朝里はそれらの光物に目を奪われ、あれもいい、これも素敵、と独り言を云いながら買い物を楽しんでいたが、木下の耳には半分くらいしか入ってこなかった。サイン入りのアランと放火の件が離れなかったからである。

他人の点けた炎によって多くのものを失った柳澤と永田には同情する。しかし、それと同じくらい、木下は業火の犠牲となったアランのことも憐れに思った。しかも、真贋はともかくラベルには蒸溜所のマネージャーのサインが入っていたという。木下の耳の奥で燃え尽きていくゴードン・ミッチェルのサインの最後の悲鳴が、店内の宝石の瞬き以上に激しく聞こえた気がした。

サイン入りのアランをこの世から抹殺した犯人は一体誰なのか。木下の思考は当然ながらその流れになった。ウイスキーを愛するものとして犯人は決して許せなかったし、特にアラン蒸溜所の初代マネージャーが心を込めてサインを入れたボトルを犠牲にしたことが、木下の心を猛烈に動かした。放火事件も珍しいが、同時にサイン入りのアランが損なわれたというのは偶然にしては出来すぎている。中身だけならば火事に遭っても奇跡的に助かる可能性もあるが、今回のウイスキーは中身と同じくらいラベルが大事である。紙のラベルに火と水は大敵だ。

やっぱり犯人はウイスキーを狙ったのだろうか。

そう考えると、木下の体の芯に、冬の寒気よりも冷たくて暗い憎しみの火が燃え上がった。

だとすると、犯人は例のイベントでサイン入りのアランを当て損ねた人物だろうか。当選した柳澤と永田を妬んで火を放ったと木下の脳裏に安易な答えが浮かんだ。しかし、すぐに小さく首を振ってその考えを消した。

いくら嫉妬したからといって、ウイスキーの焼失を狙って住居に放火するとは思えない。放火は、特に人の住んでいる建物へのものは重罪だからだ。建物の構造的な点とその密集率から、古来、日本では放火は厳罰に処されてきた。木造建築の多かった日本では火事での損失は大きいし、複雑な織物の模様のように隙間なく建てられた家々は延焼の影響を受ける可能性が高い。だから、殺人に次いで罪が重いのが放火なのである。一時期、放火罪は殺人罪よりも重い、という都市伝説が生まれたが、その背景には二〇〇四年の刑法改正前では人が住んでいる建物への放火が、「死刑または無期もしくは五年以上の有期懲役」であったのに対し、殺人は刑の下限が「三年以上の有期懲役」だったため誤解が生じた。今は改正されて同等となっているが、それだけ放火の罪は重いということに変わりはない。

以前に店の品物が盗難に遭い、その繋がりで親しくなった弁護士がそんな風に話していたと記憶している。だから、どんなにサイン入りのアランの当選者が憎くて、その勲章とも云えるウイスキーをこの世から消そうとしても、放火という手段は使わないだろう、と木下は思った。けれども、今回の犯人は二度もそれを行っているということか。二〇二〇年の消防庁の調べによると、全国で二千四百九十七件もの放火があったらしいから珍しいものではない。放火することに快感を覚えた犯人による、連続放火、というのもよくある。だが、貴重なウイスキーがある家が連続して放火された、というのは聞いたことがない。それに、心底サイン入りのアランがほしければ、焼却するという手段は採らないだろう。盗んで自分のものにする、という方が遥かに論理的である。

例のボトルを当て損ねた犯人が、当選者を逆恨みして放火を犯し、自己満足に浸る――そんなことはあり得ない。木下はそう思い直したものの、一方で、ウイスキーへの強い愛情の裏返しとして憎悪の黒い炎が犯人を焚《た》きつけ、サイン入りのアランを燃やしたという想像も棄て切れずにいた。

炎の鞭《むち》が仙台の冷たい夜風を打ち、群がった野次馬の影を波打たせ、犯人の嫉妬を代弁した爆竹のような烈しい破裂音が上がり、貴重なアランの最後の息遣いに似た火の粉が舞い上がり、光の雨となってウイスキーの命が散っていく。そして、その様子を遠くから犯人が見ている。

――朝里が再びカウンターに近寄ってきて、夜の涙のような黒真珠のネックレスをつけてみたい、と云ってくるまで、木下の頭の中にはそんな想像が浮かんでいた。

第一の被害者である柳澤について調べてみようと思ったのは、木下が好奇心を抑え切れなかったのと、溺愛《できあい》するウイスキーを殺したのは許せないという義憤のような気持ちからだった。お店の休日の火曜日、木下はせんだいメディアテークに行き、火事があった翌日の新聞に目を通した。そして、その周辺の住所をメモした。本人に事情を訊くのは無理だろうし、警察も未解決の事件を無関係な人間に喋るはずがない。報道関係に知り合いがいればよかったが、適任がいない。

周辺の住民から話を聞かなければと、木下は地下鉄に乗った。柳澤の家が東北福祉《とうほくふくし》大学の近くなのである。大学の近くということで地下鉄の駅はあるし、学生向けのアパートやマンションの多いところだが、住宅街なので一軒家も多い。柳澤の家もその一つのようだった。

東北福祉大前駅で降りてホームに立つと、たった数分の移動の間に夕暮れに光を吸い取られたかのように外は薄暗かった。光だけではなく、色もくすんでいて、学生相手のカレー屋や焼き鳥屋の看板が灰色の靄を被って見えた。緑が多い仙台らしく、このあたりには貝ケ森《かいがもり》中央公園を始め貝ケ森を冠する緑地が五つもあるものの、この時間帯は鮮やかというよりも暗い夕方の予感を孕んでいて緑色が深すぎる。柳澤の家は、ここから北の一番大きくて園内に池がある中央公園の近くらしい。

電車内は暖かかったし、歩き始めれば体も温まってくるだろうと思ったのが間違いだった。視界は鉛色に重く垂れ込めた暗雲に圧迫され、裸になった木と限りない枯れ草、そして降り始めた白い乱舞が木下の体を襲った。ただし、木下にとって雪は悪いだけのものではなかった。被害者には悪いと思ったが、雪が縫いつけた布を黒く焦がしたようにして柳澤の家がすぐに見つかったからである。

昔ながらの住宅街の一画だと思った。北欧風の洒落た家がない分、錆の浮いたトタン屋根も崩れた瓦屋根の住宅もない。仙台は地域によっては路地が迷路のようになっていて、家々もきちんと並んでいないところがあるが、ここは貝ケ森中央公園が命令でもしたかのように、建物が整列している。

その家々の一番南側に柳澤の家があった。火事の痕跡が被せられた青いビニールシートとなって残っているものの、木下が思っていたよりも被害は少ないようだった。生垣越しにしか覗くことはできなかったが、それでも確認できるほど狭く、部屋一つ分か二つ分の広さしかない。青いカサブタのようにしか見えなかったし、被害に遭わなかった部分は周囲の住宅街にごく自然に溶け込んでいる。

あの部屋にウイスキーが保管されていたのだろうかと木下が思ったとき、

「あなた、何しているの？」

背後から声がかかった。ぎょっとして振り返ると、五十代くらいの婦人が、赤い傘の下から木下に挑むような視線をぶつけてきた。茶色のダウンコートにも濃い紫色のマフラーにも裕福そうな暮らしぶりが見て取れたが、それ以上に薄い化粧にもかかわらず香水の匂いがきつく、婦人を厚化粧に見せていた。

「あ、いえ、友人の家に遊びに来たら……」

そう云ったときには婦人の目の奥には疑いの光が浮かんでいたものの、

「近くで火事があったって云ってたんですけど、ここだったんだな、と思って、つい見ていたんです」

「そうなの。その友達もびっくりしたでしょうね。わたしだって驚いたもの」

瞳に灯っていた光をそのまま言葉にしたように、婦人は木下が何も訊いていないのに火事について話し出した。

「わたしね、ここからほんの百メートルくらいしか離れていないあっちに住んでるのよ。だから、すぐに騒ぎに気づいたの」

貝ケ森中央公園とは逆の方向の住宅街を指差した。そして、そのまま木下の返事を待たずに、

「ここらへんに消防署なんてないから大変なことになったわ、と思ったんだけど、近くに出張所だか何だかがあるみたいね。それですぐに消防車が到着して、あっという間に火を

消したわ。昔みたいになかなか火が消えなくて消防士さんが住んでいる人を救出するなんてことはないのね、今は」

「そうなんですか。だからそんなに被害がなかったんですね」

「そうなの。ここは柳澤さんっていう人がご夫婦で住んでるんだけど、二人ともピンピンしてたわ。しかも、お金に余裕があるのかしらね、いっそのこと新しく酒の保管庫を作るか、なんてご主人が仰ってたわ。思った以上にからっとしてて こっちが拍子抜けしたくらい」

妬ましさ半分、噂を披露できた満足感半分、といった風に云った。

「このうちのご主人はお酒が好きだから。ワインも日本酒もウイスキーも焼酎も、いいものを集めて飲んでいたみたいね。しかも、貴重なものは飲む用と保管用で二本も買うんですって。奥さんが愚痴っていたわ」

懐に余裕のあるコレクターというものはそういうものである。もしもそれぞれの酒に精霊のようなものが宿っていたら、飲まないなんてけしからん、と激怒するだろう。

婦人は柳澤夫婦のことについて話を続けているが、火事のことなど忘れたかのように何の関係もないことを喋っている。木下は有益な情報を摑めないと思い、話を切り上げてくれないだろうか、と白いビニール傘を意味ありげに開いた。しかし、それでも婦人は話すことをやめなかった。適度に相槌を打ち、悴《かじか》む手を擦り合わせている十五分間は客の自慢話を聞く時間よりも長く感じられた。

「あの、最後にいいでしょうか？」

「なぁに？」

「お話を聞いていると柳澤さんは夫婦仲もよさそうですし、ご近所でもトラブルはなさそうですよね？　放火をされるような恨みを買っているとは思えないんですが」

「そうなの。だから警察は放火じゃなくて事故の方向からも捜査しているって話よ。ほら、あのビニールシートが被せられているあたり、柳澤さんのご主人がゆっくりとお酒を飲むときに使っていた部屋みたいだから。火事のあと、柳澤さん、事情を訊かれていたみたいだけど泥酔しててよく憶えていなかったみたいだし、もしかしたら俺がやっちまったかもなあ、なんて冗談めいて話していたみたいだし」

放火ではなく、失火、というのは木下にとって盲点で、思わず婦人に顔を寄せ、

「柳澤さんのミスだったっていうことですか？　たとえば柳澤さんが煙草を消し忘れてそれが火事の原因になったかもしれないんですか？」

「え、ええ。柳澤さんのご主人は煙草を吸うから。酔っぱらっているときにそこから火が点いちゃったのかもしれないわね。あくまでもそういう噂もあるっていうだけだけど……」

急に勢いづいた木下に戸惑うように婦人は答え、

「柳澤さんのお宅はお金持ちだそうだし、あれくらい、大したことないわよ。延焼してよその家に迷惑をかけたわけでもないし。だからご主人は冗談でも、自分が酔っぱらったせいで火事を起こしたかも、なんて云えるんでしょうね。貴重なものもあったけど他にも美味しいウイスキーはたくさんありますからね、なんてからっとしてたし」

そこまで云った婦人は木下の真面目になった目つきに怯えるようにして、それじゃあね、と云って足早に去って行った。

一人残された木下はビニール傘越しにもう一度焼け跡に目を遣った。ビニール傘を伝う水滴が街燈の光を砕き、その向こうに白く揺らめいている雪が花片のように遠い夕暮れに咲いているように見える。雪が風に煽られているせいだろう、白い炎が火の粉を散らしているようである。

――放火ではない？

ふわふわとした綿雪が青いビニールシートを白く染め上げていくのを見ながら、木下は失火の可能性を考えていた。柳澤の家の火災は、煙草の火の不始末が原因かもしれない。火事の原因の七割以上が失火であり、その原因の一位は煙草だと聞いたことがある。だとすれば、せっかく当たったアランの記念ボトルをこの世から消滅させたのは柳澤自身の可能性がある。

そこまで考えて肝心な点に気づいた。柳澤だけならばともかく、あのボトルを当てた永田も火事に遭っている。その二人がこの短期間に火事に遭って、ウイスキーを失うというのはあまりにも偶然が重なりすぎている。

木下はスマホを使って、火事の件数と原因を検索してみた。ここ数年は三万件から四万件の火事が起きていた。そのうち建物の火災は二万件ちょっとで、約一日に五十五件の火事が起きていることになる。これだけ見ると多いように思えるが、日本の住宅数は六千万戸を超えているという。だとすると、今回のように建物が燃える火事が起こる確率は少なく、やはり短期間に連続して起こるのはおかしい。

――やっぱり放火だ。

そう思い直した木下は、駅に向かって歩き出し、だらんと垂れているマフラーの下部をコートの中に入れた。気温はそこまで下がっていないが、冬の仙台は風が無数の棘のように痛く、これくらいの巻き方をしないと寒い。

鼠色になった空は重く垂れ込み、公園の樹々や住宅の頭を飲み込み、どんどんと街に雪雲が蓋をしている。木下は東北福祉大前駅から電車に乗り、そこからバスを使って八幡へと向かった。八幡はスーパーもコンビニもあるし、生活に必要な店が多いから大学生を中心に人気の高い場所である。ただ、地下鉄の東西線の駅ができなかったため、車がないと少々、行きにくい。

二件目の放火現場の永田の自宅のある八幡に到着するころには夜の幕の裾があたり一面

に触れていて、県道三十一号沿いは別として、少し細道に入ると総ての明るい色が死んでおり、夜の黒と雪の白が錆びつかせていた。でも、大崎八幡宮やその周辺の店が二年参りや初詣を盛り上げるために三十一号沿いの歩道の頭上には提燈《ちょうちん》がぶら下がっていて、数珠繋ぎになっている様子は季節外れの花々が夜に明澄な川をかけているようだった。

永田の家は県道三十一号の南側にあるらしい。県道沿いは平坦なのだが、道は下り坂になっている上に街燈も少なく、足許が危ういせいもあって夕闇が南へと滑り落ちているように感じられた。電信柱の影が小路を横切り、薄っすらと積もった雪に灰色に落ちている。住宅街なので家々から漏れてくる明かりのお陰で、夜に差し掛かった時間帯でも歩くのに不自由はしない。その分、淡い燈がアスファルトに落ちる間際に朔風に流される雪をすっと浮かび上がらせ、それが蜘蛛が這っているように見えて木下は不気味に思った。放火の現場に向かっているせいだと思いながらも、木下はあまりよい予感がしなかった。

燃えた永田の家に着くと、気のせいかもしれないが何かが焦げたような臭いがした。永田の家は道のある方角には石塀があり、逆方向の隣家とは生垣で仕切られている。県道から近いが、ここらへんは新旧の住宅が犇めき合っていて、ざっと目を流すだけでも歴史が見て取れる気がした。

「ん？」

木下は気になる点を見つけた。それは永田の隣の家である。他の家々には明かりが灯っていて、降りしきる雪が白い線で天と地を繋いでいるのだが、永田とその東の隣家には闇しかない。永田の家は火事で焼けて誰も住んでいないと予想していたから理解できる。だが、どうして隣も人がいないのか気になった。たまたま出かけているだけかもしれないが、何か木下の勘に訴えかけるものがあった。住宅街の細い裂け目に夜と雪、そして事件の糸口があるように思えたのだった。

不法侵入だな、と思いながらも永田の家の玄関に入り、隣接する家が見えるところまで移動した。光がないのでスマホのライトを使うと、風があるせいで灰などが漂っているのが判る。しかし、黒い灰も舞い上がって炎を一瞬だけ開き、雪の流れを流離《さすら》うように揺れるとすぐに闇の底へと落ちていく。人の家に勝手に足を踏み入れている木下にとっては隠れ蓑《みの》になるありがたい闇と雪であるものの、永田とその隣の家がどういう状況になっているかはよく判らなかった。

再び道へ出て、たまたま通りかかった買い物帰りらしき近所の主婦と出くわしたので、いろいろと話を訊くことにした。けれども、そう簡単に重要な証言を得られるとは思えない。ちょっとでも参考になる話が聞ければ、という気持ちで話しかけた。

雪交じりの天気の中、立ち話に応じてくれた四十くらいの女性は人の好さそうな控え目な化粧をしている。火事のことで木下以外からも話を訊かれているから慣れているだけかもしれないが、化粧同様にほんのりとした微笑とともに大きくもなく小さくもない声で答え、時折、微笑を唇に結んでくれたのだった。赤い傘の端が少し曲がっているところにも、決して高くないであろうダッフルコートにも、買い物袋を持つ手にも家庭を支える逞《たくま》しさがある。しかし、その普通が木下に親近感を与え、質問しやすかった。

「はい。永田さんはウイスキーがお好きなようでしたね。お一人暮らしだったから何度か作りすぎたおかずをお裾分けに行ったことがありますけど、お礼にウイスキーを渡されたこともありましたから」

少女に戻ったような無邪気な笑みが覗き、

「あの火事のせいで修理が終わるまで市内のホテルにお住まいだと聞いてます。見ての通り、幸いにも四分の一くらいしか燃えなかったみたいですけど暮らすには大変ですから」

背伸びをして壁越しに永田の家を見ると、確かにそこまで大きく焼けてはいない。五十坪は優に超える家の道側はビニールシートをかけられているものの、そこまで広範囲ではないようである。

「どれくらいの被害があったか聞いてますか？」

「詳しいことは判りませんけど、一階のリビングが燃えてしまったみたいです」

「もしかして、そこでよく永田さんはお酒をお飲みになっていたんじゃないですか？」

「よくお判りになりましたね。そうみたいです」

少し興奮したように女性は息を白く弾ませ、

「永田さんは亡くなったご両親のお宅に一人でお住まいでした。主人がウイスキーのご相伴に与《あずか》りに何度か行ったんですけど、一部屋どころか二部屋も使って丁寧に並べていたみたいですよ。そのうちの一部屋がちょうど燃えたあそこです」

傘を斜めにして、ちょんとジャンプをしてその箇所を指し示した。

それは永田さんはショックだったでしょうね、と木下は云ったあと、

「お酒用の部屋が二つもあったということは永田さんは相当、凝り性のようですね」

「ええ。かなり几帳面な方のようで、わたしは詳しくないので判りませんけど、ウイスキーって箱やラベルもかなり洒落ていて芸術性があるんですよね？　ウイスキーとは縁遠いわたしたちも骨董品を見るような感覚でお宅に伺ってましたね。永田さんはウイスキーを傷つけたり汚さないように気をつけているみたいです。神経質な方なので、ちょっと傷ついたものは気になるみたいで、そういうものをうちの主人が何度もタダで頂戴してますね。主人は飲めればいいという人ですし、家計も助かるのでわたしはありがたいんですけどね。あ、余計な話をしてしまってすみません」

笑うと絹糸のような綺麗な筋が唇の両方の端に刻まれた。その糸に引っ張られるように、

「ちょっとしたバーカウンターのようなものがあったんでしょうか？」

「そうなんですよ。主人が云ってましたけど、永田さんのお宅にはバーカウンターがあるみたいで」

やっぱりか、と木下は納得した。今はバーそっくりのカウンターが数十万円程度で売られていて、ウイスキーやカクテル好きが好んで購入していると聞いたことがある。数時間前に近所の住人に話を聞いた柳澤もそうだが、永田も相当のウイスキー好きだから自宅にバーカウンターを設置していてもおかしくはない。そして、そこに自慢のウイスキーを並べ、今日はこれにするか、と選ぶことほどコレクターの心を満たすものはない。

「永田さんはかなり落ち込んでいましたよ。つい数年前に手に入れたナントカっていうサイン入りのウイスキーが燃えちゃったのがすごくショックだったみたいで」

「アラン、と云っていませんでしたか？」

木下の問いかけに女性は、

「あ、そんな名前でした。貴重なんですってね。可哀想に」

ウイスキーは直射日光と高熱には弱い。ただし、日本の真夏くらいの気温では問題ない。だから、どれくらい紅蓮《ぐれん》の波に攫《さら》われたかは判らないが、もしかしたら中身のウイスキー自体は飲めるかもしれない。しかし、あれはラベルとサインにもかなりの価値があるものだ。それらが燃えてしまっては何の意味もない。自分のものではないし、本物だったかも怪しいが、単純にアランの限定品が火事の犠牲となったのは一ファンとして悲しかった。

「永田さんはウイスキー好きのお友達がたくさんいるみたいで、たまに貴重なものを見せ合いっこするんですって。もうお近くに住んでいる方にはそのウイスキーを自慢したそうです。次は遠くから来る人たちと集まるから、持って行って羨ましがらせてやりますなんて嬉しそうに云ってたんですけどね」

「貴重なサイン入りのボトルですからね。永田さんが自慢したい気持ちはよく判ります」

「そういえば、永田さんは不幸が続きますね」

「と云いますと？」

「お隣の家も今、誰も住んでいないんですよ。ボヤ騒ぎがあったので」

「ボヤ？」

連続放火の前に犠牲者の家の近くでボヤ騒ぎがあったというのは偶然が重なりすぎている——そう感じた木下は、さらに詳しく訊ねたが、

「いえいえ。あれは永田さんのお隣さんが焚火をしてたら軒下に火が点いちゃったみたいで。今回みたいに放火じゃないですよ。あのお宅も八十代のお爺さんがいるだけですから、対応できなかったんだと思います」

「ということは、放火じゃないんですね？　だとすると、先刻、永田さんに不幸が続いていると仰っていたのは？」

「そのボヤで出た煙に永田さんのお宅の火災報知器だかが反応したみたいで、スプリンクラーから水が大量に出たんですよ。水の次は火かって肩を落としていました」

スプリンクラーの誤作動は滅多にないが、何事も完璧なものはない。先日もとあるアパ

ートで似たことが起きて、木下の友人の部屋が水浸しになっている。話を聞き始めたときは、永田は木下の持っていない潤沢な資産を持て余している人間だとばかり思っていて、少々の反感を持っていたのだが、水攻めに火攻めを一年のうちに経験していると知って憐れに思えてきた。親から資産を引き継いだ代わりに運を手放したとしか思えない。

他にも永田に恨みを持っている人間や放火事件のあった前後にこのあたりで不審者を目撃しなかったか訊いたが、収穫は得られなかった。ただ、同じ火災の被害者でも、サバサバとしている柳澤と湿っぽい井戸の中のように落ち込んでいる永田は対照的だな、と感じた。

木下は女性に深く礼をして、坂を上り始めた。県道が近づくにつれ、提燈の仄かな光と車のライトが舞う雪を闇夜に幻想的に白く浮かび上がらせ、現実感のない風景に仕上げている。ちょっとした風で視界が動くため、水底で揺れている海藻の影に囲まれているような気分になった。

現実っぽくなく、影のように摑みどころがないのは二件の放火事件もそうだと木下は思った。警察は放火なのか、事故なのか、どう捉えているか気になるものの、どちらにせよ、アランのサイン入りボトルが焼失しているという共通点は見逃せない。もしかしたら、犯人は被害に遭った二人の共通の知り合いなのではないか、と木下は考えた。

「あー、こっちは仙台駅行きかよ。逆の方に行きたいのに」

バス停で待っている木下の耳に、観光客らしきスーツケースを引き摺った大学生っぽい男の声が入った。隣には恋人だろう、女子大生がスマホで行先への道のりを検索している。

国道四十八号は上下各二車線、計四車線ある大きな道路である。そのため、観光名所の通り道になっていて、バスは判りやすく片方は役所や青葉通《あおばどおり》を経由して駅に到着し、もう一方は大崎八幡宮や作並《さくなみ》温泉方面に向かうもの、と統一されている。木下のような慣れた人間にとっては判りやすいのだが、観光客は方向を間違えるだけでまったく逆方面に行ってしまう。

木下は東京方面から来たであろう、マフラーもニット帽もつけず、薄手のジャケットしか着ていない男子学生に、

「どこへ行かれるんですか？」

「あ、えーと、作並温泉……だっけな。その温泉です」

「それなら、信号を渡って逆のバス停で待った方がいいですね。こっちは駅に戻ってしまうので。あっちのバス停に止まるバスなら、多くは作並温泉行だから判りやすいですよ」

「そうなんすね。ありがとうございます」

カップルは何度も頭を下げて、お礼を伝えて信号を渡って行った。

――逆、か。

そのとき木下はあることを思いついた。もしかしたら、このウイスキーの事件も逆なのではないか。炎で失った部分にばかり目が行っていたが、逆に価値の出たものもある。云うまでもなく、残った二本のサイン入りボトルである。あのボトルを当てた四人のうち、二人が火災に遭ってその宝物を失くしている。普通に考えれば入手し損ねた人の犯行に思えるし、今まで木下もそう推理してきたが、もしかしたら違うのではないか。その逆で、当たった二人、つまり、会社員の中村か矢野という女性が、自分のボトルの価値をさらに高めるために他の人のものをこの世から抹消しているのではないか。ゴードン・ミッチェルのサインが本物だとすると、現存している数は元々少ない。木下のように飲む人にとっては関係ないが、コレクターからしたらどうやっても手に入れたいものだ。ウィスク・イー公認ではなくウイスキーマニアの会が執り行ったものだから真偽は確かではないものの、あの四人は周囲から羨望の目で見られただろう。木下も宝石店で働いているから判るが、なかなか手に入らない宝石です、と伝えると何とか金を工面して買う客も多い。ほしいという自分の欲求が先にあるのだろうが、それと同時に希少価値のあるものを持って周囲から羨ましがられたいという欲望が見え隠れすることもある。昔、大学の授業で聞いた言葉だが、ジャック・ラカンという哲学者は「人間の欲望は他者の欲望である」と云ったらしい。そして、人間の欲は豪雪地帯に降り積もった雪のように、堆《うずたか》い。ならば、中村か矢野がさらに希少性を高めるために柳澤と永田の家に火を放ち、あのボトルを消したのではないか。欲望に飲み込まれ、理性を失った人間ならばやらないとは限らない。

――だとすれば、中村と矢野について調べてみないとな。

警察か探偵にでもなったようだ、と木下は苦笑いした。ちょうどそのときにバスが来て、何人かの乗客を吐き出し、木下を含めた数人を吸い込んで仙台駅方面へと走り出した。車内は暖房と満員の人いきれで蒸していて、襟足を這う不快な生暖かさがある。それを避けるようにして木下が目を車外へ向けた。通常の冬のこの時間帯は暗いし、帰宅ラッシュの殺伐さが重なって仙台の街の断片を退屈で無彩なものにしている。しかし、ちらつく雪と道に沿って吊るされている提燈がいつもよりも夜景を優しく見せ、今年も残り一ヶ月もないのだ、という物悲しさを木下に伝えてきた。

※

「でも、中村も矢野も、どっちも犯人じゃなさそうなんですよ」

「と仰いますと？」

安藤の問いかけに、木下は少し目を伏せた。今日の夕陽は余韻のまったくない潔い落ち方をして西の空の向こうで眠りに就いている。ただ、窓ガラスは国分町から突き抜けてくるネオンの燈によって墨色の鏡にはならずに、それらを明色の錆のように付着させた黒い金属となって木下の横顔を中途半端に映していた。二件の放火事件を解き明かせなかった自分にはこの半端さがお似合いだな、と思ってチェイサーを飲んでから口を開いた。

「中村は例のアランを当選してすぐに会社の上司たちとの接待で飲んでしまったらしいんです。あと、矢野なんですけど、こっちはウイスキー会を開いて放火事件の前にもう飲んじゃってるみたいなんですよ。二人ともサイン入りだから空き瓶は持っているらしいんですけど、そこまで執着しているようには感じられないんです」

冷静に考えると突拍子もなく、現実感のない推理だったと木下は反省しているが、柳澤と永田の家に放火してアランを焼失させ、自分のウイスキーの価値を引き上げようと考えたならば、放火犯は中村か矢野のはずである。しかし、ウイスキー好きの細い人脈を手繰りながら二人のことを調べたものの、先刻安藤に伝えたようながっかりする事実に行き着いてしまったのだった。中身よりもラベルが貴重なボトルとはいえ、未開封と開封済みとでは希少価値が大きく異なる。もしも木下が推理したように、中村か矢野がコレクター気質の強い人間で自分が当てたボトルをさらに珍しいものにするならば、飲まずに丁寧に保管しているだろう。

「結局、僕の推理なんて妄想の域を出なかったってことですね。それにしても、ゴードン・ミッチェルさんのサイン入りのボトルのある家を狙った犯人は誰で、何が目的だったんでしょうね？　偶然……なのかな？」

木下がそう独りごちた瞬間、

「差し出がましいようですが、お手伝いいたしましょうか？」

「えっ？」

唐突な安藤の言葉に、木下は軽く噎せてしまった。今までに何度も『シェリー』には来ているし、数え切れないくらい安藤とも話をしている。しかも、誤って聞き逃すくらい、いつも通りの声色でそんなことを云ったので、木下は自分の耳を疑った。

「今、手伝いをしてくれるって……安藤さんはこの連続放火事件の真相が判ったんですか？」

「はい。木下さんがとてもご丁寧にお話ししてくださったので、よく判りました」

安藤は顔の皮膚を伸ばすように、笑顔を広げた。清潔そうな白い長袖のワイシャツと黒いジレとネクタイは見慣れたものだし、人懐っこくも品のある微笑もいつも通りである。しかし、白と黒の二色の中に命の華やぎとも死の退廃とも云える総ての色が織り込まれているような雰囲気があった。もう十年近く通っている店だし、安藤の顔も見慣れているはずだし、通常と何ら変わらないはずなのに、浮かんでいる微笑みの裏には無数の秘密が隠されていて、花が少しずつ開いていくようにそれが明かされていく気がした。

期待しすぎなのかもしれないと思いつつも、謎を抱え続けたまま年越しをするのは辛い。

「それじゃあ、解説してくださるとありがたいです。もやもやしたままなので」

「承知いたしました。実は既にわたしの方で用意しておりました」

あっさりと云うと、

「まず、柳澤さんと永田さんのお宅の火事についてですが、ご明察の通り、両方とも事故、ということはないと存じます。原因が判らない火事もたくさんございますが、今回の二件は、近い範囲で、しかも、お二人とも貴重なウイスキーを当てていらっしゃる。その方々が連続で火事に遭うことはあり得ないとわたしも思います」

「ですよね。ということは放火事件と考えていいんですか？」

「はい。わたしもそう考えております」

自分の考えと安藤のそれが一致して木下はほっとした。一人で漂流しているような気分で、果たして正しい目的地に向かっているか疑問が掠めたからだ。警察も事件と事故の両面から捜査しているという話だったが、これが放火ではなかったら独り相撲をしていただけでがっかりしたところだ。

安心して残り僅かになった手許のグラスを手にして、アラン十年を口に含んだ。時間が経って香りがさらに開き、酒が染み込んだ樽の柔らかな匂いも混ざってきた。

「放火事件だとすると犯人がいることになりますよね？　誰なんですか？　あと、どうしてこんなことをしたんですか？」

矢継ぎ早に質問を投げる木下を宥めるように、安藤は緩めた視線を一度窓の外に投げた。

「雪が降ってまいりましたね」

雪を漏らし始めた夜雲の下には国分町の極彩の光があり、それを下敷きにしている分、空の下辺は影を固めた灰色の板のように見える。さらには低温のせいで溶けない雪は、あっという間に薄い膜となってアスファルトに降り積もり、仙台市は三層に染め分けられた。雪の表面は燈を吸って光り立ち、降りてくる仲間を落ち切る間際にすうっと舞い上げている。淡い花片のように透けた雪はネオンや店の燈を孕んで、光の屑で浮かび上がった。

「ここから見ると、市内が灰色と白色と橙色の三色に染められているみたいですね」

「木下さんの仰る通りですね。冬らしい綺麗な光景でございます」

安藤はそう答え、視線を木下に戻し、

「今回の事件は窓の外に広がっている光景のように、色の違うものが一連の出来事を作り上げたのだとわたしは思っております」

「えっ？」

放火事件は二件であり、今の仙台を着色しているのは三色だから木下は安藤の云い間違いかと思った。木下の心を読んだように安藤はやんわりとした口調で、

「木下さんの仰りたいことは承知しております。しかし、少々、わたしの戯言にお付き合い頂ければ幸甚に存じます」

丁寧に頭を下げた。安藤の話を聞きたいと思っていたので、何ら異存はないし、きっと

二ではなく三と云ったことにも意味があるのだと、陰影が蠟燭の燈に煽られたように優しく揺らいでいる安藤の表情を見ていると思えてくる。

「一連の火事はシンプルな構造なのですが、木下さんのようにご丁寧に調べた方ほど惑わされてしまう事件だったたと思います」

「と云いますと？」

「一番の肝は放火ではなかったことです」

「でも、連続して、しかも同じ貴重なウイスキーがある家が火事になるなんてあり得ないですよ」

「はい。仰る通りです。ですから、次に重要なのは放火があったことです」

木下の思考は空転し、安藤が巻き取り始めようとしている真相の糸が見えなくなっていた。二つの事件が三つの出来事で、その上、放火はありつつもなかった、という安藤の言葉の意味を摑みかねていた。

安藤は、ご安心ください、というように優しい視線を木下に向けて、続けて、

「最初の柳澤さんのお宅の火事ですが、あれは警察がその可能性も視野に入れて捜査しているように、煙草の不始末によるものだとわたしは推理いたしました。木下さんがご近所から聞いた話によると、柳澤さんは煙草を吸いながら泥酔することもあったようですから」

「確かにその可能性は高いだろうな、と僕も思いました。安藤さんが仰っていた放火ではなかったというのは柳澤の件ですね？」

「その通りでございます。しかし、次の永田さんの件は放火だったとわたしは推測いたしました。柳澤さんのように火の不始末が招いた可能性も考慮いたしましたが、お隣がボヤ騒ぎを起こしたばかりですから、相当、注意をするはずです」

その通りだと木下も思った。しかも、永田は神経質そうなコレクターである。今まで以上に貴重なウイスキーを大事にしたに違いない。

「ですから、永田さんの件は放火だと存じます」

「なるほど。納得の流れですね。柳澤の火事は自身の煙草の不始末によるもの、永田の失火は放火によるもの。連続してサインの入っているアランを持っている人の家が火事になったから、つい、僕はそれを狙った放火犯がいるんじゃないかって思ってしまいました。それが大きな間違いだったんですね。でも、安藤さんは先刻、もう一種類の火事があったような云い方をしていましたけど……」

「はい。それこそが今回の事件の犯人の目的に直結する特殊な放火です」

「特殊？」

鸚鵡《おうむ》返しで木下が訊き返すと、

「犯人が放火した事実に変わりはございません。しかし、それは他人の家ではなく、自宅に、火を点けたのです。だからわたしは区別するために三つ目のもの、といたしました」

「ちょ、ちょっと待ってください。柳澤の火事は本人の煙草の不始末だと安藤さんは仰っていましたし、僕も納得しました。となると、永田の家の火災は——」

「ご想像の通り、永田さんが自ら火を放ったのでございます」

「せっかく当てたサイン入りのアランがあるのに、ですか？　実際にそれを失って永田はがっかりしていたそうですけど」

　火災保険に入っていれば大抵のものは補償されるが、希少価値のついているものについてはあくまでも原価でしか換算してくれない。仮に、今回の特別なアランのように、クリスティーズやサザビーズといった世界的に有名なオークションで数十万円や数百万円で落札したものでも、補償の対象となるのはあくまでも発売された当時の定価である。サイン入りが本物だったかどうかは木下には判らないが、アラン自体は年代にもよるが一万円前後だ。つまり、今回の件で保険会社に掛け合っても、それくらいしか支払われないということである。それに、話を聞く限り、永田はある程度は飲むとはいえ、コレクター気質の強い人間だ。そんなタイプの人が大事なコレクションを火で嬲《なぶ》るとは思えなかった。

　そう木下は主張したが、安藤は顔色を変えることなく、

「一度、永田さんに関する前提を取り払ってみるのはいかがでしょうか？　たとえば、例のアランがなかった、としたらどうでしょう？」

「でも、永田が当選したのは事実ですから。あの家にあったはずです」

「わたしも最初はそう考えました。しかし、隣人がボヤ騒ぎを起こして、それに反応したスプリンクラーが誤作動し、大量の水で永田さんのお宅を水浸しにしたとのことでした。そこでわたしは、こう考えました。火事になる前のその水騒ぎのときに、問題になっているアランが水浸しになったのではないか、と」

はっ、として木下は永田の家の近くで聞いた女性の話を思い出していた。

水の次は火――。

開封していないウイスキーは多少の水がかかっても中身に問題はない。汚れた水でも綺麗な水でも、長時間、浸かっていたならば話は変わってくるが、ボトルにスプリンクラーの水が軽くかかったくらいならばしっかりと拭き取ればいい。だが、問題はラベルだ。ラベルの多くは紙でできている。紙の大敵は火、そして水である。特に永田が抽選で当てたアランのラベルには、本物かどうかは別としてゴードン・ミッチェルのサインが入っている。水でサインが滲んだり、ラベルが破れたりすれば最悪だ。さらに永田がコレクターの性分だったことを考えると、もしもそうなったら誰にも明かすことなく、嘆く日々が続いただろう。それに、サイン入りのボトルを当てて今度仲間たちに自慢する、という話もなくなる。火事はよっぽど頑丈な金庫の中でなければ被害を防げないが、スプリンクラーの水のようなものについては、コレクターならば耐震性のあるガラスケースに入れるなどしているから自然と防止できるはずである。そんなこともしていなかったのかと仲間から馬鹿にされ、自身のミスだと見做《みな》されて永田が笑いものになる可能性が高い。当選して近くに住むウイスキー友達には自慢して回っていたらしいから、きっちりとした性格の持主とはいえ、見せびらかす機会が増えて管理が甘くなっていたことも充分に考えられる。

几帳面な性格に加え、汚れや傷のついたウイスキーを無料で近所にあげてしまう神経質な永田だから、プライドが高そうなのも想像できる。そんな永田にとって、隣のボヤが原因とはいえ、ラベルが命のボトルを濡らしてしまったというのは恥以外の何物でもない。事情が事情とはいえ、賠償金は期待できないだろう。永田くらいのコレクターになれば、代替品があればもう一度購入することも検討したはずだ。でも、二十年以上寝かせたアランはあっても、サイン入りのボトルはもうない。

それを他人のせいとはいえ失ってしまった。コレクターとしては失格の烙印《らくいん》を捺《お》されたに等しい。永田としては、何としてもその事実だけは隠したかった。そんなとき、タイミングよく同じボトルを当てた柳澤の家で火事が起きた。これを利用しない手はない。火事とサイン入りボトルという二つの要素さえあれば連続事件に偽装することができる。そして、放火に遭ってあのボトルが犠牲になったことを伝えれば、さすがにウイスキー仲間たちも永田を憐れむだろうし、励ましの言葉さえかけてくれるだろう。永田の高い自尊心は守られる。

「永田は柳澤の火事に便乗して、連続放火の被害者のフリをしたんですね？　事故の火災に自分の家の放火を繋ぎ合わせて、永田は連続放火に見せたんだ」

「仰る通りでございます。抽選で外れた誰かがここまでのことをするとは思えませんし、そんなボトルがあるお宅ばかり連続して火事になるのも奇妙です。最も合理的な解釈だと存じます。恐らく、放火を偽装した永田さんはもしものことを考えて、ご自分がお好きなボトルや貴重なものは避難させてから火を放ったと思いますので、それを調べれば事件の大まかなことが判るのではないでしょうか」

　他人のせいとはいえ、大敵の水がかかるような場所に置いていたというのはウイスキー好きたちから冷やかされそうである。その屈辱に堪え切れずに永田は苦肉の策に出た。それがあの自宅への放火だった、というわけである。放火ならば誰も永田を非難できないだろうし、同情を集めることになるだろう。水で台無しになったラベルを隠すためだけに永田は自分の家を炎に捧げ、姑息で嫌らしい隠蔽を完成させたのだった。

　本物かどうか判らないサイン入りのラベルのために事件を起こした永田は、失笑しか取れない道化師のように思えた。今回の事件の道具にされたアランはラベルなしでも、長年の時を経て色づいた宝石である。それを自分の名誉欲のために犠牲にした永田に腹が立って仕方なかった。ウイスキーは、職人の敏感な舌と腕や、澄んだ空気や、麦を始めとした穀物や、土地土地の土や、蒸溜所の歴史や、気紛れな酒の神様、そして味わう人によって作り出される奇跡の虹だ。それを踏み躙ったことが木下には許せなかった。

——いや、でも。

永田への怒りで沸騰していた頭に、ふと五年前の同窓会の同級生の声が響いた。元々ソリが合わなかったせいもあり、そのときが十年以上ぶりの再会だった。

——ちょっと綺麗な石を高ぇ金で売るなんて、お前は詐欺師みたいだな。

宝石店に勤めていると知った同級生はそんな心無いことを口にした。たまに云われることだし、受け流す術《すべ》は身に付けたのだが、やはり辛い一言である。

「たった一枚の紙のために犯罪に手を染めた永田を、僕も非難できないかもしれないですね。宝石なんて所詮は石だもんなあ」

誰に云うでもなく、そんな声が口から零れていた。だが、断片的なこの言葉からも、安藤は木下の心の痛みを正確に見抜いたらしい。

「わたくしたちバーテンダーはウイスキーなどのお酒を作ることはできません。お客様の注文やお好みに合わせて提供するだけです。しかし、わたしはそういった橋渡しのような役目に満足しておりますし、偉そうな云い方になりますが誇りに思っております。一口飲んで、美味しい、とお客様が仰ってくださったときほど嬉しいことはございません。木下さんはお客様に似合う綺麗な宝石をお選びになるプロですし、それは誰もができることではないと存じます。わたしなどは宝石に疎いので、貴重な宝石を漬物石にしてしまいそうです」

冗談めかして云った。安藤のようなベテランのバーテンダーからすれば当たり前の慰めかもしれない。だが、永田のような下劣な犯罪者と自分は同じかもしれない、と落胆していた木下にとっては、福音の光を帯びた言葉だった。

ウイスキーは元々はただの度数の高い透明なスピリッツに過ぎない。でも、時間を吸い込んで色づき、宝石となる。木下の扱っている宝石も、元を正せば石ころだ。けれども、職人の手によって磨かれ、加工され、木下たちが仲介役となって持つべき人の手に渡れば宝物になる。中身を純粋に楽しむのではなく、ラベルの汚れなどで価値の下がったウイスキーを人に簡単にあげてしまう永田と自分は違う——今ならばそう断言することができそうだった。

「最後にもう一杯、アラン十年をハーフでお願いします」

「かしこまりました」

木下が飲み終えたグラスを片付けた安藤は、目の前のアラン十年のボトルを我が子を抱くように優しく手に取った。キャップを回して、新しいグラスに注ぐ。ハーフショットなので量は少ないはずなのだが、店内のライトを含んだウイスキーは琥珀色に膨らみ、曇り一つなかったグラスをあっという間に美しい宝石のように輝かせた。

「アラン十年でございます」

「ありがとうございます」

目の前に出されたグラスに鼻と口を近づけて、一口含んだ。放火の件を忘れさせるには妥当すぎる、熟したフルーツに似た匂いが木下を包み込んだ。お陰で、失火と放火の件が今後どうなるかだとか、彼らが参加したウイスキーの会はどうなっていくのか、といった疑問が些末《さまつ》なことに思えた。

木下も、安藤も、店内のジャズも、街も、ウイスキーの余韻を守るかのように静かだった。木下がウイスキーを飲むときの微かな音さえも時の刻みの代わりにしかならず、ありとあらゆるものが琥珀色の液体の前に跪《ひざまず》き、蒸溜所のある街の夜に取り込まれている。

数十分かけてゆっくりとアラン十年を飲み終えた木下が、お会計お願いします、と安藤に声をかけて支払いを済ませて席を立った。安藤はカウンターから出てきて、出入口付近にあるクロークから木下のコートを取り出し、丁寧に広げて着せてくれた。夜になってぐっと寒くなったせいなのか、安藤の細かな気遣いが身に染みた。

「ありがとうございます」

「こちらこそ、本日もありがとうございました。どうぞお気をつけて。またのお越しをお待ちしております」

鉄扉から出て階段を下りると、寒風が木下を迎えた。やはり仙台の風は冷たく頬を刺してくる。鋭すぎる風は街を甚振《いたぶ》るだけでは満足せずに、自身をも傷つけ、ひゅうひゅうと悲鳴を上げているように感じられる。

風から逃げるようにして、木下は空を見上げた。視線の先にあるのは、闇の扉のような雪雲を開いて瞬いている一番星と人が名づけた空の宝石だった。

この作品はフィクションであり、実在の人物・団体・事件とはいっさい関係ありません。

光文社文庫

文庫書下ろし
なぜ、そのウイスキーが闇《やみ》を招《まね》いたのか
著 者 三《み》 沢《さわ》 陽《よう》 一《いち》

2025年2月20日 初版1刷発行

発行者 三 宅 貴 久
印 刷 堀 内 印 刷
製 本 ナショナル製本

発行所 株式会社 光 文 社
〒112-8011 東京都文京区音羽1-16-6
電話 (03)5395-8147 編 集 部
8116 書籍販売部
8125 制 作 部

ISBN978-4-334-10565-5 Printed in Japan

組版 萩原印刷

光文社文庫最新刊

野火《のび》、奔《はし》る	あさのあつこ
なぜ、そのウイスキーが闇を招いたのか	三沢陽一
翼の翼	朝比奈あすか
絵のない絵本　鮎川哲也短編クロニクル1954～1965	鮎川哲也
田中家の三十二万石	岩井三四二《みよじ》
旅情夢譚《むたん》	岡本綺堂